如果不能随时动身去往远方
那就抚我一本诗集以慰心想

我把声音读进生命

崔志刚 诗集

人民日报出版社

目录

辑一 逸志

- 序言 — 001
- 自序 — 006

- 一直 — 002
- 飞天 — 004
- 让我给你豪放 — 006
- 这个时代 — 008
- 信仰的骄傲 — 010
- 启程 — 011
- 这个年代的私奔 — 012
- 说可道 — 013
- 兰花指 — 014

- 我把声音读进生命 — 015
- 思想的净空 — 016
- 真的感动 — 017
- 情怀 — 019
- 亮银枪 — 020
- 治孤 — 022
- 爱在沉默中 — 023
- 度 — 024
- 把知天命的我留在今天 — 025

- 江边的城 026
- 领悟与感触 027
- 土命 028
- 他乡小城 029
- 清醒 031
- 把自己放在路上 033
- 我的范儿 035
- 一往无悔 038
- 叛逆 040

- 不再矜持 045
- 方向 047
- 我诗写我心之能懂能诵 049

辑二 慧悟

- 我知道你一定来过 —— 078
- 清流、暖流 —— 081
- 或有雪 —— 082
- 最真的美好 —— 084
- 春情 —— 086
- 夏日秋风 —— 087
- 简单的夏天 —— 088
- 夏天的雨不会下得太仔细 —— 090
- 鸟鸣花开 —— 092
- 如今的秋天已没有虫 —— 094
- 难挨黄昏 —— 095
- 病房·牢狱 —— 096
- 造物的神情 —— 098
- 星河错落 —— 100
- 老树叶 —— 102
- 呆迷儿 —— 103
- 理商 —— 104
- 不能细想 —— 106

| 熵 —— 108
| 初心 —— 110
| 独立的心 —— 111
| 如果习惯 —— 112
| 黑洞 —— 113
| 梦 —— 114
| 演进 —— 115
| 纠缠 —— 116
| 消融的月亮 —— 117

| 月明顾我心 —— 118
| 高峰体验 —— 119
| 光的力量 —— 120
| 距离 —— 122
| 等份 —— 124
| 幸福随风来 —— 125
| 我不会说 —— 126
| 心念本生 —— 127
| 心易变 —— 129

欣然定轨	131
玲珑的心	132
三段不论	133
总有一天	135
幸福的快乐	136
遥遥相望	138
过程的轮回	139
是你不是你	141
做一个资质平庸的人	143

二十一

一种叫『血性』的东西不可能再有了 —— 144

我诗写我心之能用能通 —— 146

147

辑三 爱永

都能懂	162
雪淋雨	163
这十年,我们弄丢了社会	164
动心	165
我这就去等你	167
爱在其中	168
诗意为你	170
一秒偷心	171
说走就走的我和你	173
灵魂穿越	174
简单爱	176
不后悔我们谈了恋爱	177
心海歌吹	179
内心的本能不会骗你	180
衷情邂逅	181
我是母亲身体外的另一颗心	182
我见过的最好爱情	184
人到中年	186

情感拷问 187
七夕 七夕 188
就这样往前过 189
波动 190
缘定 191
美丽卧底 192
四十岁的传奇 193
一万年后再爱你 194
总是能够 195
因为有你 197
有情驻 198
想想就爱你 200
谁的新娘 201
乐心筑 202
2017 年的初雪 204
我诗写我心之能承能生 205

辑四 诗醒

我不是诗人	218
诗醒	220
独孤	222
活在诗里	224
我的诗是60后们最后的青春寻欢	226
鹧鸪天	228
自砺	229
诗魂	230

我诗写我心之能静能共能梦 —— 233

辑五 古意

- 暑夏 —— 244
- 秋雨急 —— 244
- 中秋杂感 —— 245
- 大学毕业赠忠民（外一首）—— 246
- 秋入 —— 247
- 色空 —— 247
- 作诗小感 —— 247
- 另一首 —— 248
- 笑乐书 —— 248
- 夏日思 —— 248
- 秋夜思 —— 249
- 又端午 —— 249
- 端好个午 —— 250
- 春（外一首）—— 251
- 清明思忆 —— 252
- 感喟《侠客行》—— 252
- 无题二首 —— 253
- 玉渊偶思四首 —— 254

| 伤桃花 —— 255
| 感桃花 —— 256
| 沙尘过 —— 256
| 恨霾 —— 257
| 客月思 —— 257
| 破五 —— 258
| 正春 —— 258
| 黄蓉赞 —— 259
| 黄昏想 —— 259

| 七夕断 —— 260
| 秋日夜感 —— 261
| 日坛独坐 —— 262
| 无题 —— 262

| 我诗写我心之诗问 —— 263
| 代后记 —— 269

序言

心悦诗兮诗亦知

何南

一

初知志刚兄写诗，是在一个大型诗歌朗诵会上，那次我们同为嘉宾，不同的是，他是朗诵嘉宾，我为"坐台"嘉宾。

读罢组办方为他划定的"责任田"后，他兴致正浓，又慷慨地带数百名现场观众走进他的"自留地"——他朗诵了自己的诗作《我不是诗人》。

仍记得诗中有这样的句子：

> 只记得古往今来的诗篇至少要有韵脚
> 只信奉中国的诗词要有中国的味道
> 用今天的语言书写我中华文化的自豪
> 不接受跟着西洋的风格瞎跑

于是，对我而言，那次活动便多了层意义：不仅知道了志刚兄在写诗，还知道了他正做着一个公众号，该公众号粉丝多多、同道多多；更重要的是，他已将自己的诗歌理念和盘托出。

心有戚戚焉。

几年前读过余光中先生的一篇散文，题目已回忆不起来，主旨在表达一个意思，怕作序。余先生的意思再明白不过：作序不难，但之前要下的功夫却难。比如，他无论如何要把即将写序的书大致读一遍，否则断然不敢动笔。

如果要对余先生隔空喊话，我想说的是，假如那书是你想读的呢？假如你恰好已经读过了呢？

二

"志刚兄弟的性格为人和我很投缘，我喜欢朗诵悦耳入心的好诗。他的诗在继承中发扬且回归了中国诗歌的优美精神，试图重新找回中国文字组合的本真，在现代诗略显浮躁的今天，坚持写诗并写好诗，难能可贵。"这是著名演员濮存昕先生对志刚兄本人及其诗作的评价。

人投缘，自然就会大大缩短走进诗作的距离；如果恰巧又爱投缘者的作品，势必会使这"缘"呈几何级增加。此时，诗句便化为神奇的手，将一切障碍完全拆掉，包括桥梁。因为，人与诗已然完全契合，不再需要多事的桥梁了。

几十年前，闻一多先生曾提出中国新诗的"三美"主张，即建筑美、绘画美、音乐美。并身体力行，写出了一批"三美"齐备的新诗，一时间，不同流派的诗人并行或追随，竟绚烂成中国新诗最早的春天。

看志刚兄的诗论，也对"三美"极为推崇，且提出"新复古现代诗"的概念，试图以自己的笔力拉新诗向"三美"靠拢。事实上，志刚兄已在公众号上推介了太多这样的诗，并将自己的主张体现在自己的诗作里。

在长长的诗论文章中，他提出，诗歌要"能懂""能诵""能用""能通""能承""能生""能静""能共""能梦"，这样的主张便是遥追闻一多先生的具体行动。

志刚兄认为，无论怎样的文学形式，诗歌歌赋、小说散文，凡是形诸文字的作品，能够让人看懂，能够明白创作者的表达意图，这应该是一个最基本的准则。

继承。发扬。回归。难怪老诗人洛夫对志刚兄这样不吝赞美之辞："他年轻,他的呼吸中,血液中都充满了诗,其诗心奔流于现实与理想之间,其情感激荡于古典与现代之间。我不知道他的诗龄,但我相信,他的诗是独具风格的创造,一种价值的创造。"

自《诗经》始,中国诗歌一脸朴素地降临,到唐诗、宋词、元曲,一路迤逦走来,虽面容略变,但内质如故,蕴涵于其中的美是永恒的,这种美让人悦之吟之,舞之蹈之,心折不已。

然而,正如志刚兄在《我把声音读进生命》一诗中所写的那样:"我甚至有些痛恨自己／总是能在完美中察看到尖利的创伤／即使是最细密的紧致肌肤／也能一眼窥破分子间隙的轻狂"。一句话,他的目光从诗歌之美中折回现实。现实中的某些诗歌,或技巧繁复、意象堆叠、故弄玄虚、不知所云,或简单粗暴、弃尽章法、观之无文、品之无味……对诗歌寄予的理想依然丰满,但现实的骨感硌得人心痛。

这种心痛,肯定与一个人诗歌的灵性有关,但说出来、形成文字,却首先与责任感与勇气有关,远高于诗灵了。

三

相对于志刚兄充满哲义、或褒或贬"三观"的诗作,我更喜欢他爱情题材的诗。

面对一张白纸,一个关西大汉,持铜琵琶、铁绰板,唱"大江东去",唱"一种叫'血性'的东西不可能再有了"时,他是可敬的。然而,爱情面前,一个人的灵魂变得柔软,化身为十七八女郎,执红牙板,歌"杨柳岸,晓风残月",歌"想你的傍晚有点冷／刚下过雨的窗外吹着风／抚摸着胸口有些疼／那是你扯着我的心在动"(崔志刚诗《都能懂》)之时,他的可敬依然,却又多了些可爱,二者的融合便是真实。

百炼钢与绕指柔的分野在哪儿?或许,"剑胆"的基础或极致正是"琴心"呢!

不仅在爱情面前，面对亲情、友情，甚至自然现象，志刚兄的笔都会柔软如绵。

《我是母亲身体外的另一颗心》《2017年的初雪》，单看诗题，柔已拂人面；2015年7月1日多了一秒钟，也能逗引出他的一首诗，真是"一秒偷心"哪。

志刚兄曾专门为一位辞职女教师写过一首《乐心筑》，下引其中一节：

是雪夜里停泊下一只透亮的小船
就为了探一探流水的深浅
是细雨中修筑好一家远归的客栈
把生命的态度着落在了一块坚实的营盘

他与女教师素不相识，写此诗前，既无人央求，更无杂念，云无心以出岫。

或许，这才是真的写诗。

正如河北省作协主席、著名作家关仁山先生赞誉志刚兄的诗所言："这是真正的诗歌，既是通向灵魂的沉思，也是生命的飞翔与远游，字里行间于沉静中尽显人性的温暖与坚韧。"

四

在与友人的对谈中，志刚兄反复强调自己不是诗人，强调自己不敢写古体诗，但在他的诗论文章中，他又对中国古典诗歌条分缕析，将古典诗歌的几座高峰推至读者面前，显示了他深厚的研究功夫。

其实，他并不乏颇具古意的诗作。聊举《秋雨急》一首：

天河一动西南倾，暮来急雨洗晚晴。

潇潇落雨走惊雷，飒飒清凉过秋风。

该诗，除了他反复强调的不甚讲究平仄之外，可谓有声有色。

五

志刚兄的公众号叫"我诗写我心"。对此，我想赘言几句。

我诗写我心，首先，诗人须有心。

笔底无心，自然不能写诗；假若有心，心在何处？也是个问题。

心在"热爱"处，一诗初成，自然会请老妪评判一番，而不会难为情；心在"卖弄"处，自然不顾别人能否看懂，甚至故意让人不懂，以示自己高明、他人弱智；心在"糟蹋"处呢？后果恐不可想！

子期之所以能将伯牙的琴意说得神准，或许并非因他有多么超拔的艺术悟性，恐怕主要是因为他有心，志在弦上乐中，能与操琴者相通。正因如此，才被引为知音。琴如是，诗又何尝不如是？

如何才能有心？心应放在哪儿？走进书中，深味诗意，一千个读者便会生出一千个哈姆雷特，爱诗如你，聪慧如你，或许会有更多意外之得。

（作者系诗人、作家）

自序
我诗写我心

虽然从事的是一项使用声音的工作，但是一直认为自己的精神所系还是在于文字，对于运用文字的伸展来表达我心幽静处的所思所悟，远较于声音话语的输出更为令我痴迷，也自觉更能恰当展示我之于生活的热爱、思想的狂放，以及撼于灵魂深处的叩问。

思绪的拉伸是跳跃着喷发出来的，一如微观粒子的量子化击打。诗的语言就是用不连续的文字单体，组合在音韵拍节的伴奏下，完成心灵律动的记录。我诗写我心，也可作最好的心理观察，窥世间万物、察人际变化、回响历练、反省自身。

几乎是被某个下午的阳光驱动着，在一片心无尘埃的澄净中，我写下了《这个时代》《飞天》，收笔时，落日余晖满照，斗室透亮，心生高远，意满乾坤，施施然不知身处何方！贯体的融融暖流达于诗魂的翱翔，又继而写下了《高峰体验》和《独孤》，方感于了结了这一场近乎奉召的命笔。从那天始，我知道，诗于我，已不可逆分！《诗醒》的写作虽已是相隔多日，但我冰雪明白，一脉魂魄相承，实在也该算那天的灵感催促。

而我也还没有迂腐到孤介不合群的地步，当然清楚在社会步步前进的秩序营建中，属于诗的妖娆风华的绝代统治，已然不属于时尚的序列。信息沟通的手段多元化，不再需要再度揣摩的意境深深。所以，诗的着落，必定归于中国画、书法等珍稀奢侈的艺术记忆，我之为其的奋斗挽回，也会在仍有心灵娇嫩的光照下略作抚慰的存在，原本亦不图泛泛世俗的传播，有戚戚焉足矣！

实则对于写诗，我自认属于业余，但既然捕捉到了心尖儿上的猝然灵感闪现，觉得笔下写来自然而然地流出，就不再纠结于专不专业的自寻烦恼啦！"诗人非职业，写诗无门槛，写下心中的感动，聆听心声的震撼"是我写作诗歌的动因表白，也是把创作的自由还给内心本源冲动的励志表露。

　　诗的美好，还不仅仅是文字的精妙，诗歌既作为可以歌之的最早存在，在溪水岸边、树下林风，吟诵歌咏的词句，必是易于传唱、音韵绽放美丽的经世之作！所以，"诗必能诵方可传"是我对于诗的延续存活的另一种期许式的解读。也幸而和我的职业相关，可以让我的诗作以最好的声音演绎方式展示出来。

　　也是感叹于当今的可读诗作过于稀缺，但凡所见的诗诵会等，更多的还是在咀嚼反刍着久远如千年之前唐宋时节的耳熟名篇，甚至直追到诗词滥觞的先秦，抑或略近也在百年之外的民国初时经过白话解放的那些亦熟稔的情调语句。抚今之案，可因韵成诵反复的实在不多，一个时代励志了心灵的汪国真君也仙逝矣，而对于其明丽昂越之诗风又颇多争议。于是，更效西方、一味只在意境深远上下功夫的格致，基本已是真"无韵之离骚"了。

　　更有抛去了激奋心志、颂扬美好、精细爱恋、遐思意远的中国文字的壮美情怀，多以晦暗、凝涩而标明各异为能事，使得诗的写作偏僻于窄小幽暗的非主流群落。意境之深日甚，而文韵之华彩渐失。更有大废文字之追求，必要简略才可，例如，有诗名《网络》，内容只有一个字"乱"，概括之浓缩不能不说精妙，但能读得出口以为美诵吗？

　　所以，不才忝列，本着一门的初心朴拙，竟积累下来百多首的小作，不敢言意蕴，唯求在中华文字的精华渊流中，浮一小叶则幸甚。

辑一

逸志

一直

我一直在寻找
相关的人都老了

我一直这样走
就能穿过数层互不干涉的自由

我一直绷紧着呼吸
维护着紧致的小脸和躯体
看到散碎的灵魂在一路凌乱

我一直用思考把黑夜和白天串联
偶尔再安排几次太阳和月亮的会面
因为它们都没有家

我一直尝试着用飘荡的姿势走出最沉重的步伐
踩过一颗颗柔软的头顶
被经过的人浑然不觉地快乐
我一直坚持着不落入固定的旋涡
虽然有时的蒸煮翻滚是很舒适的

我一直讶异着
风霜里暗藏的获得能有多大
以至于可以牺牲掉整个独立的思索
我一直都忘记了

为什么没有分离出周遭弥漫的介质
还是它也在一直顽强地分离着我

辑一·逸志

飞天

这一次我是纯粹想拿自己的天赋做赌注
去掉一切的支撑和附庸
把我婴孩般晶莹的胴体
平摊在光洁的大地上
看能不能摆脱重力　升向太空

我只啜饮露珠的水
我只吸吮星辰的风
我只含服无花的果
我只咀嚼山野薇萍

我要放过所有可做肉食的精灵
我要推阻掉所有善意恶意的提醒
我要先沉入无边的黑夜
开启每个毛孔　把身体的浊气全部清空

我要在万籁俱静中
只听从自己心脏的跳动
在太阳爬上地平线的一刻
伴随意念缓缓升腾

我想慢慢体会一下俯视大地的感觉
我想轻轻问候一声掠过身旁的微风
我想在没有温度的净空寻找感动
我要把极度自由的泪水抛洒在魔悬山顶

我要突然地号啕大哭不再顾及自己的仪表
我还要放肆地手舞足蹈　做一切不敢在人群中张扬的举动

最后　我会收敛身体　回收合拢
靠骨骼的牵引　自由下落
在一个没有维度的奇点
记录下这一次神奇的旅行

让我给你豪放

本来不再想歌唱太阳
它已经积聚了太多赞美的力量
只是所有爬上地平线的光亮
都难以超越它灼人的光芒

本来不再想吟诵月亮
它已经消受过太多遐思的向往
只是所有播洒在大地上的辉影
都无法刻画出它如银的清凉

本来不想再雕刻思想
智慧深处的完美已经无法阻挡
只是尚有不知就里的痴心妄想
还在试图参悟原本就没有破绽的神像

本来也不想再说你的春风拂面
过往卷起的麦浪　散发着诱人的金黄　熟透了十里香
迎着众人钦羡的目光
你早已是艳惊四座　意满飞扬

只是所有现实的功利仍有抹杀掉你存在的动机
暗影浮动　秀木在林　当不得血雨腥风的恶战一场
所以我还是要继续给你坚持的力量　给你傲视无物的豪放
把炽烈的温度再一次燃烧到发烫
锦上添花的痴心也是召唤雪中送炭的护佑

浩然天地的高贵灵魂必须要行走在正道沧桑

直到万山红遍　远方大亮
你在凛然的笑声里
掠过参差翻覆、惊鸿飞鹭的古道苍黄
渐行渐远　长剑仗身　一路芬芳

这个时代

在这个经典将被永远封存
知识在信息碎片中呻吟的时代
谁还能不顾一切　精卫填海

在这个瞬间可以联通
不再需要漫长等待回复的时代
触电的甜美不只在真实的时空存在

在这个不屑于痴情成为永久
真心在素颜中贬值的时代
需要借助无力的表达去博得更加无力的爱

这个时代的生活改变了许多
许多的事情都需要再重新安排
面对时代的张皇失措
其实是每个年代都恐惧过的悲哀

因此　不管有着多少与传统不同的无奈
我都必须认真地接受这个时代
接受这个时代的颗粒所组合成的一切世象
接受这个时代的气血所塑造出的一切魂脉
我还要欣然看到　这个时代大幅改变的气魄
我还要暗自惊喜　这个时代无拘无束的情怀

当然　它也从来没有拒绝过清凉的目光

它也从来没有排斥过历史上那些动人的关爱
纯真　无心机　呆萌　发疯　一切恣意的任性都可以存活在无限的未来

所以　我接受这个时代
所以　我畅想无限的未来
所以　我泪流满面　叹服造化的进取
所以　我劈波斩浪　踏云而来

这是个蓬勃的时代
无论何时
都是活在当下的年代

信仰的骄傲

黄昏时分里就畅想着朝霞的闪耀
如花的季节行走在一切都安排好的金光大道
没想过还能有什么熊罴虎豹的张牙舞爪
伟大的光芒一挥手就是地动山摇
山低头、水让路、红旗漫卷西风、天堑架飞桥

而今的我仍孩子似的在职场里奔跑
全然学不会人前人后的逢迎客套
日上三竿喧哗时我在无忌地睡觉
不知道正在上演的大戏又出了什么新的爆料
谁的得意、谁的失落、谁的高尚、谁的渺小

定期感受着肌肉被刺激后的肿胀
陶醉在健美身躯之上的姣好容貌
安抚着没有甜腻油炸胡乱填塞的心脏
只保留着最童真的目光冷眼观瞧
也像个傻子、偶尔是鸵鸟、还相信爱情、痴痴地笑

似乎也没有经历太多的沧桑就已变老
昂然直行的不顾反而避开了风吹雨浇

暗自庆幸美丽的你总是出现在合适的街角
错过了天大的机遇我也要把你紧紧抱牢

我的命　你的好　只此生命中信仰般的骄傲

启程

这些年　我一直拒绝绽放
一直强力保留在蓓蕾的形状
不是我不愿意　傲立枝头一吐芬芳
而是没有足以让我打开身躯的泪光

这些年　我一直没有太过于奔忙
一直静默地蜷缩龟息在暗房
不是我不愿意　鹰击长空尽情释放
而是没有值得让我舒展身心的臂膀

那些年　我也曾短暂遨游云端
那些年　我也曾为理想埋下心伤
偶尔　也会在一段情缘的折返点稍作停留
间或　也会有一程的冲动　笑破雪花中的悲凉

终于　要归拢所有的积淀开始上路了
一飞冲天的航线上只有云朵翻滚的苍茫
熟透的行囊里装满了不用换洗的衣裳
满耳的风过处　是成片连绵的骄阳

前方有的是方向
后方有的是坚强的厨房
左右手挽紧了兄弟
头顶的天空　脚下的大地
是我多年相濡以沫的新娘
似这般的豪情果敢　快与我共当

这个年代的私奔

男人这一生
一定要过一段风流才子的日子
虽然这已不是一个崇拜学问的时代

但是　必然还有为数不少的痴情女子
会因为对俊颜和才学的心仪
背弃财富选择和你暗夜私奔

因为　这是人类提升自我文明层级的密码
为未来的生命精彩
挑选身心都出众的基因

说可道

如果放弃选择正义
最少还应该心怀善良
也许正义的结果永远都不会昭示
但是对善良的持有
却会降低人世间一份可能的中伤

如果不愿混迹江湖
最少还应该保有爱情
因为江湖的仗义靠的是利益互换
但是有真爱的相守
却能拥有心灵中最低成本的信仰

如果注定一生都不愿被控制
那必须要锻炼出一颗强大的心脏
没有高贵的灵魂做支撑
即使能有一时的自由
也会很快成为没有保证的过往

如果还能坐下来谈谈未来
就不要谈论任何理想
过于高妙的论调不是道理
不管在何处栉风沐雨奔走仓皇
有确定的方向就不是瞎忙

辑一 · 逸志

兰花指

你不看它它便不存在
不在于它是否真的要来
路人都在直视自己的方向
有暇他顾者都不是纯净的心怀

你不懂它它不悲哀
从没有无来由的爱与不爱
过客总是执着于获得的多少
心不在焉者早已经习惯了失败

你不想它它不责怪
自作多情最是换来最痛的伤害
表白　不要不顾一切地把心剖开
留一点自尊去应付被拒绝的无奈

你不理它它不离开
自在天地各有各的江河湖海
溯游而上顺流而下都在萧萧落木之外
笑过三声　拈一枝兰花登戏台

我把声音读进生命

我把声音读进生命
把密码写入诗行
毫无躲藏地浮在南门的横梁上
却不是为了观看一场盛宴的排场

我甚至有些痛恨自己
总是能在完美中察看到尖利的创伤
即使是最细密的紧致肌肤
也能一眼窥破分子间隙的轻狂

可是已不能改变近乎尖刻的挑剔了
在坠向空间弯曲的变形时
五十步和一百步没什么两样
然而还是喜欢在欢乐中寻找忧伤

就算是为了生灵保留一点警醒吧
在物质的浮夸中黯然销毁自我
任由不能分辨的引力欺骗众生无常
和本来就不是真实写下的智商

思想的净空

无论何时　都不能没有一块思想的净空
可以不是感动　可以不表同情
可以心如止水　可以冷漠无声

也许是看惯了秋月　厌倦了春风
也许是滚过了情场　心累了尘封

即使人际纷扰　事务繁杂日理万机
即使奔波忙碌　行程匆匆密不透风

但即使要封闭一切　即使要就此作别
也请在思想里给自己留出一块净空
不为了别人　只是你自己的魂　自己的受用

在这块净空　可以除掉被牵引的疲惫
可以收紧自我告诫的警醒
可以卸掉多余的思考
可以重新整理已有的心情

不用做更多的陈词　你自己会简略地听懂
不用太讲究方法　你自己会准确地弄清
只要在这里　把心的波动　稍稍地定
你就会看仔细眼前的处境
再次出发时　你是乘着新做的一次人生

真的感动

有时我甚至都有点怀疑
是什么人在用感动这个词
鼓噪别人的情绪
绑架众生的善良
而独自窃喜赚到的利益

不能忽略这样的动机
打着感动的旗号
起哄价值认同的迫使
偷换过了许多次的概念
在眼泪中展览该被保护的别人隐私

陶冶性情的爱好
琴棋书画的清雅
也化为斤斤计较的财富交易
却不是为了情操
全然是出于掩饰文化虚弱的恐惧

真正的感动
是没有来由地在人前失态
是在莫名其妙中的情迁神移
是在都能心安理得地谈论你的平常时
突然以一种决然的了断所制造的意外惊喜

西门外　车马稀

还能够不顾而去　毫不迟疑

星月夜奔　携了红拂女

绿珠坠楼　不吝惜金谷满园叹惊奇

不说天凉好个秋

却是泪飞顿作倾盆雨

情怀

情怀不是一种小资的脾气
更不是一种自我任意的情绪
情怀是对人生通达后的胸怀坦荡
情怀是独享理智思索后的自在乐趣

有情怀的人　不会介入难缠的龃龉
豁达的心胸　容纳的是更宽阔的天地
有情怀的心　也不会忽略美好的纤细
慧眼的发现　绽放的是清悦幽深的香郁

有情怀的出手　处处都会透着大气
不是蝇营狗苟的鸡啄碎米　算我算你
大度的包容　包容在高手过招的名利清晰

有情怀的思想　一切的精华归结于兴致
江湖烟雨　琴声悠扬　红袖添香　灯下执笔
把天地良心　往圣绝学　万世的太平[注]
在诗意的情怀下传递、延续

注：用了宋代思想家张载对儒学发展的宣言"为天地立心，为生民立命，为往圣继绝学，为万世开太平"这一典。

亮银枪

一直习惯了把思想保藏
等到启封时早已经通体冰凉
招之即来的灵感
在温润从众的沉默中消散寂凉

有时忍不住的一次偶然回望
当年的银枪在墙角依然闪亮
挑过滑车刺过梁王舞起过风沙漫漫
蛇口吐信的精灵只在这天地一场

聚合了所有的力量
冲击不了最弱的一份千古柔肠
最是眼泪余波的无力魂断
任钢筋铁骨的百炼金身却不是最强

超越光速的幻想
从幼稚的直立行走时就是奢望
涉过了非洲的河亚洲的海
万年的脑容量不够裂变的沧桑
还是被无序的墒　牵引着胡乱飘荡

在正前方　永远是希望
浇水种田的妙道
也是造化自在的映像
别有仇恨莫名的搅动

时间躲着冰冻　叹着离伤

有壮行的酒　等孩子的娘
一日复一日的灞陵桥上
冷风不吹　是一只穿越火线的短笛在吹响

治孤

不是高手　不敢杀入敌阵深处
高墙壁垒　独处太过凄楚
既已孤军打入　就不是为了弃子铺路
非要在令人窒息的腹地　完成独自存活的任务

湖心投下石子　激起涟漪无数
羊羔直降狼群　看我手段翻覆
左冲右突　挑衅威逼不惧围堵
枪挑八方连营　长坂坡上斩头颅

人生最高的历练　一定当属治孤
安置好所有的亲属　孤胆空手自顾
单骑挺进　只身不怕危机四伏
任周遭恶风乍起　阴云密布
守禅意　稳心念　硬圈出了一块平安的疆土

爱在沉默中

爱你的人总是在沉默
使你错以为世界在背叛
其实只是因为鼓噪的声浪抢了先
善良的围观者不屑于与之争辩

不能被一叶障目迷失了信念
不能让沸反盈天搅乱了英雄虎胆
于无声处　都会有惊雷在旱地炸响
遍地硝烟　更要见识你力战万人的孤傲不凡

当你苦心孤诣　坚持着一往无前
绕过险阻　登临暗潮消退的彼岸
回头看　是无数双默默为你祝福的泪眼
一直都没有放弃做你的后援
你从来都不孤单

只是相信你的超强　相信你的果敢
相信你一定能够反败为胜　重回生天
只在默默地注视
也注视着宵小们的卑劣表演
等到欢喜相望的那一刻
金光绽放　朗朗晴天
周身布满的是始终拥抱着你的温暖

度

做完了一切决绝的琐碎
心头忽然是一阵放下了的轻松
比起牵肠挂肚的准备和等待
来个利索的　是最好最好的平静

其实每一个情态的临界点
都已经是暗潮涌动
与其一味地引而不发
倒不如来个推倒重来的干净

有时我常会质疑
这一步迈出
是不是符合古老的书经
有时又因凭着直觉
似乎很多事　也无须必问祖宗

每一次都是破了常规
才看到陋习早就不堪负重
每一次都是撕破了手皮
才明白那并不是一颗钉

哦耶　早该向前冲！

把知天命的我留在今天

如果是天命之年的预警让我躲闪世俗的沉迷
我会在心理的年轮刻上暂缓
不是必然的每一个演变都是同样的重复
我要在灵魂前进的连接处最大限度地推迟延展

不是心似琉璃的我抗拒命运的平凡
对造化于我的恩赐丝毫没有厌烦
只是稚嫩如初恋的旅程我还没有走完
不能在意犹未尽时就摘下少年的征帆
就想着在细水流过手指时攥一攥拳
靠钢铁般的灵感再讨一个欢喜的机缘

所以不能让烦恼折损我的容颜
为了貌美如花我必须放掉俗事的纠缠
用运动雕刻身体的曲线
用灵修沉淀真我的心丹
这不仅仅是为了形容的好看
最关键是来自内心深处的本能发出的期盼

当身心合一超脱了时光如晦的幽暗
诗和远方指引我灵性光华的逆天呐喊
把知天命的我留在今天
我要在青壮年岁的时光里做英气逼人的天仙

江边的城

我想在江边建一座城
这城的东南要迎着风
让城里的空气都纯净
让城里的每个角落都蔚蓝透明

我要用率性给这座城市命名
我要用激情给这座城市赋予魂灵
我要求这座城的男人都要在黎明出行
向着西北的方向去争当英雄

我要把整座城市的建筑都涂上红色的屋顶
我要在每条街道的交汇处都架上绿色的信号灯
我要这城里的女人都能在日落时入梦
我要让这城里的孩子都能在朝阳中睡醒

在城头的最高处我要放飞一只风筝
在城里的最深处我要掘出一口水井
我要在最远的天边也能看到我的城
我要在最饥渴的黑夜也能滋润清凉我的喉咙

我要把城市的道路通向无尽远处
我要打开城市的所有窗户迎接八面来风
我要蹲在城市的中心修炼心性
我要准备迎接热爱这个城市的列位宾朋

领悟与感触

生命不是领悟　而只能感触
不管多痛多真的领悟
也抵不上一点点实在的感触
领悟往往是曾经的过往
感触是正在发生的新鲜痛楚

领悟只是自以为是的一个个阶段的明白和清楚
感触却是覆盖整个人生过程的难以摆脱的困惑和糊涂
领悟过后自以为已经了然　敢于面对未知的痛苦
其实不如在感触不断制造的困惑下　选择难得糊涂

瞬间的领悟　有时会错以为明了了生命的全部
其实不过还是在大象的局部彳亍
那只是造化诱骗、愚弄人的招数
让你觉得能靠总结出的规律和真理
去冲击演习人生如戏的下一步

实际上　那却是设好了欺诈的陷阱
就在算定了你的步步不归路
受了伤　才知道这还是摸索在云里雾里
摸摸脑袋　方醒悟
只好暂且说感触　暂且说感触
且慢言领悟　且慢言领悟

土命

我不想欠任何人的钱　不想欠任何人的情
我想要既无内债　也无外债　我要活个一身轻松
可突然间我感到　这个设计不大可能达成
不欠钱　依然还会有情债缠身
不欠情　也决绝不了还会有人跟你搏命

因为当我坠入凡间　衔玉而生
就已经种下了百年怀璧的宿命
我长身玉立　万千的暗箭伺机而动
我威风八面　无数的蝼蚁仇恨顿生
一生的莺燕环绕　一生被嫉贤妒能
一落地　就欠下了恩怨追讨的风流情种

必须被逼成了人中龙凤　一路追风
江湖道上　狂傲高冷
掠过红颜的眷恋　迎着森白的刀锋
收割一串串没有结果的过程

强忍没有朋友的逞能　付出超出百倍的劳动
也刚好把一个年纪的债务还清
依稀想起些记忆　小时候有过的一次算命
我的命　是走四方的大车轱辘上沾起的土星儿
一世的颠沛流离　一生都在找寻归程

他乡小城

我要跑到时间之外
摆脱掉计划的安排
把所有的设计都交给意外
在放肆的慵懒中看花落花开

信马由缰无目的地徘徊
让心跳的频率无比的缓慢
能在清晰记录眨眼的次数之后
把一束涣散的目光投射到对面的窗台

在公交车上漫步城市的内在
用味道厚重的食物
填补习惯了急促的饿态
听着街角放送的过时老歌
在长发明星的招贴画上
嗅到久违的泪流满面的热爱

雨滴扑来时
不计较该不该走得更快
他乡小城的屋檐下
没有患得患失的心态
步行街的霓虹总在散布着热闹
车来车往似乎是跟我无关的人在等待

一觉睡醒不只是天亮
也可能是在下午的某个时刻
没有被全世界抛弃的无助失落
满满的都是元气充盈的豪迈
准备好了在夜晚的出击充满期待

假装也是刚下班
混入人行道上的人流
参与正在交易的路边小买卖
拎上两只刚出炉的本地面食
充分感受大隐于市的自在
看着当街被训哭的小男孩
突然无声地笑了起来

清 醒

伸手不见五指的黑夜
是真的黑夜
抬头没有星星的夜晚
也是真的夜晚

心情没有失落的时候
是真的在快乐着
肌肉告别了酸痛
才是真的强者

固执地不去涉足浮华
也许在告别年轻
蒙着脸沉入不熟识的人群
在耳边的风中穿行
突然间光束好刺眼
淋漓的雨水打击着
在不能分辨的方向上
有一些迷茫在诱惑前行

可以停住脚步
但是心在怦怦直跳
似乎错误地踏进了一扇世纪之门
和没有守卫的神殿

我就做一次岁月的主人吧
依然天黑得触摸不到路标
也没有星星点灯
我知道　马上就是一个黎明
我要警醒的是一切蛰伏的冲动

把自己放在路上

诗不是通向远方的车票
我也未曾想过一定要去流浪
只要还能有一方净土供我栖身
无论在哪里都可安然自养

茶和酒也只是生活的调味
心性的寄托没有确然的形状
只要还能有粗茶淡饭聊以果腹
不管琴棋书画也都诸事平常

可无处不在的浮躁浸泡着幻想
即使走到天涯海角仍旧不免心慌
总有莫可名状的恐惧在时时袭来
似乎必须每一刻都得准备好出走的行囊

年轻时我们义无反顾地追赶过太阳
一路高歌　心魂激荡
是为了一个能够实现的希望
渴求能有一份存放心灵的安详

偶尔低落时我们会品味月色
看着银辉满地遐思冥想
心中仍怀着不灭的梦想
坚信总会到达那个叫作理想的地方
迤逦到了可算功成名就的时光

反倒是不安胜过了坚强
望着满天夜空的星星点点
却平添了愁肠百结的诸多惆怅

也许是能够预感到了时空的狭窄
更多的迷惑埋葬了本能的灵光
到来时的两手空空
仍会是归去时的身后凄凉

想要一点躲避真实的踏实感觉
就只好选择　把自己放在路上

我的范儿

我的范儿里
有北风的凛冽黄土的飞扬
麦田的干热易水的冰凉

被逐鹿的中原战场
在反复的蹂躏中已没有了魂纲
我只能捡拾着散落在四方的离伤
孤傲地吟唱一曲陌上黄昏的断肠

我的范儿里
生来三分不屑自有剑气吐芒
娇贵细柔在心
也掩饰不了偶尔外露的血脉贲张

南下飘远的文脉
走得太久了
把英豪都带去了江左
在水中将情怀全部埋葬
疏离了把弄情致意趣的思绪
只为一口残喘苟延的食粮
屈服了多少英雄气短的悲怆

于是只能就在我的范儿里
混合着太多异族的沧桑
颠覆煎熬过几番撕扯掳掠

早已分不清这块炽热的身体里面
是哪一股族群的热血在流淌

不说狼性的残忍
不谈羽扇纶巾的豪放
也难以记取推杯换盏
是缘于一见如故
可曾忘记了一角凉亭下
对弈自若却左右彷徨

山茫茫水茫茫
被弃下的孤子
只好自顾疗伤
在坚韧的冻土下面
准备收拾复苏的力量

杯酒端起饮尽的是义气
长衣舞动倏忽间月上西梁
你来你去五千年的光影都在笑谈里
只要不是故作的矜持
都是一样的迷离一般的无从思量

我只持有我的范儿啦
我有一张琴抚弄作清音
但邀会者随处赏

但求无悔无心人

客居的感觉在深处

在抬眼望去的一颗星辰

渐离渐近渐远渐真

辑一·逸志

一往无悔

如果是因为我对于沿途风景的沉醉
而迷失了前行目标的方位
那么我想告诉你我不会追悔
大路朝天各走一边本就不该有必然的绝对

如果是由于我对于率真性情的执拗
而失去了所谓上进的机会
那么我想告诉你我不会后悔
人生起落花谢花飞我有我自在逍遥的大美

如果是因为我对于美丽容颜的自恋
而冒犯了厮混江湖的潜规
那么我想告诉你我不会痛悔
玉树临风顾盼生辉我不想太廉价地送出我的赞美

如果是因为我对于内心本能的相信
而拒绝了隔座递来的玫瑰
那么我想跟你说我不会懊悔
深巷酒香折枝赏梅我只取我心仪迷恋的芳菲

因为我只想纵容一下自己的直觉
只想小作一下自己的审美
即使不入潮流孤介狷狂
也是我对这个世界的叩问
不求必然的结果一往无悔

也因为有些东西违背了我的本性
有些龃龉的伎俩
请原谅我真的不会
即使错过了火烧满天的云霞
我也能独索阴雨静心滴答不思忏悔

辑一·逸志

叛逆

每次我都是从一个小巷进入
在每个金黄秋风的午后
已经洗干净了脸蛋的孩子
无比信任地牵着我的手

我从来都没有想过
要这样走上多久
没有人会预想拆迁后的窘迫
在那片鸽子笼还存在的时候

每回在那里驻足的小摊儿
也没有设想过会被驱赶到东山
谁会用无端的恐慌破坏没有任何征兆的安逸呢
一切都配合得那么自然和深厚

可为什么我有着麻酥般的金风在喉
不敢想在走一步之后猛地一回头
一只大脸猫呲牙咧嘴地挑衅着
我捂上孩子的眼
说　在前面的拐弯处我们稍作停留

停留总是会很久
孩子会睡着在我的膝头
一碗卤煮似乎已经不太够
盛汤的碗还是用的蓝花

对面的闪光来自那座很畸形的高楼

其实 时时都有预警的信息
眼神犀利的小哥鄙视着一切
并不是漂荡在街头的流浪者都能有
有这样无意中翻出了历史恍惚的天地神游

可惜 我的闭塞已经关闭了打开的窍门
被包裹在温煦风中的热酒
流淌着蜜糖一样的诱惑
谜一样的沉醉了本来可能的还有

万幸还有我的良知
等待收拾我被强制升级后的丑陋
我还能早点唤醒我的孩子
不怪你 叛逆地摆脱我的手

只是这微弱的火苗只有一闪念
孩子揉揉眼睛
背出昨夜刚学的词
东篱把酒黄昏后
夜半凉初透
原来是口涎在梦中的香甜洇湿了咽喉
于是 又开始继续朝着百花深处的行走
只模糊地记得那年月里

路上多出的行人
人头攒动有喜有忧
总的都没有觉察有异样的临头

我又一次强迫性地对自己要求
再害怕也要回一次头
大脸猫依旧　银杏叶黄透
所有的面目全非　全是一片温柔

不能在当街落泪吧
傍晚的吆喝已经起来了
有些冒险的躁动在酝酿着苗头
那座标志般的桥上
人也流车也流

桥下的海连着很多的海
海水没有波浪没有归舟
静谧的就是湖水在示威
小的水洼　小的城楼

如果这也是一片海
也许能解除我的思虑悠悠
从海的这边看到尽头
是几个赤膊耍着器械的老头

又是我过于敏感的停驻
有些平衡的氤氲应该作它自己的形状
不要惊扰了朝一个方向的漂移
看到人群的移动　　就该跟着往下走

我还是决定回头了
或者就当斜刺里杀一出将进酒
呛呛的锣鼓点在给我伴奏
不自觉地就三步并作两步走

没人会理会有一个逆行的人
不管是怎样的情况
都是掉队或脱扣
你又能往哪里走

这叛逆一旦启动了
孩子会紧跟我
责任便突然大了起来
越过几条小路之后
一阵悠扬的笛声舒缓了衣袖

装是不装了
看着远处舔弄鸭架子的舌头
仍把扑街满地的驴包背在肩上
一头扎进打开了栅栏的财富忽悠

还剩下的几枚硬币
忽然倒成了众目睽睽的通货
玉面郎君反成了最大的富有
四处都是伸过来的手

逃避的方法给出了几个退路
到山顶的小道幸好被广场舞的脚步踩出了清晰
不用太担心体力的消耗
进进退退也能登上山头

终于　听到夜风的过耳了
星星点点　也不需去分辨真假是非
虽有些清凉寂寞　还尚可忍受
也有后来的叛逆　在散碎地靠拢聚首

不再矜持

我就要养尊处优
不要东奔西走
裹着棉被把冷风吹凉透

我就要锦衣玉食
不要垢面蓬头
穿着貂裘吃够水煮牛肉

我就要晚睡晚起
不要搏命街头
醉卧龙床品评环肥燕瘦

我就要任性施为
不要瞻前顾后
笑傲江湖尽享一世风流

我就要直言不讳
不要三缄其口
指点江山策动快意恩仇

我就要强势出手
不要欲诉还休
站立潮头舞弄大江横流

天地宽阔万物富有
你走在阳光正午何惧之有
时空开放来去自由
你穿越前世今生何来忧愁

说敢说的话结交真的朋友
喝敢喝的酒舒展新的衣袖
一毛不拔的杨朱在等你重建道德的从头
颠倒乾坤的王莽在邀你共话历史的缘由

走无人的路仰望星的北斗
写有情的诗拥抱爱的永久
叱咤风云的豪放过客自在天地悠悠
今生不放手任意跟我走

方向

开门的钥匙没丢　很确定地还拿在手上
只是好像找不到了该去的方向
也还有几个可做的事情在按计划进行着
但又似乎每一件事情都不必那么匆忙
于是　在意兴阑珊的犹豫中
我　有些彷徨

曾经的梦想已经眼看着就要成为现实
可等来的人不是我完全期待的模样
而我也没有更充足的理由否定她的端庄
只是执拗地觉得
不能辜负自己挑剔的眼光
纵然我的看法里不免有些偏激的妄想

远方倒是也在闪烁着美丽的光芒
诱使我必须去靠近它的飞短流长
一种选择是只顾攀登先看看到达最高处的风景
可该死的内心在不住地嘟囔
这不是你想去的地方

是谁簇拥着我走上了这样的一条路
来时迷茫　远方苍茫
只有立足之地的四周环绕着芳香
流水缓缓不急不慢
但我知道　那只是暂时的假象

我必须迅速找好下一个目标
才能织好脆弱中平衡的蜘蛛网

内心并不躁动　也没有盲目地奔跑
经年积累的至爱宾朋都在投射着和善的目光
秋风不恼人　冬雪不会把我冻僵
然而太久的停滞会滋生出恐慌
不上升　随后而来的只怕是松软的下降

天空降临的不只是纷落的雨滴
收获的季节也不只有飘荡的麦香
有些刺耳的警报声　在不合时宜地鸣响
再没有更多的暗示和指引了
一切都还呈现着最初暴时的模样
缺少原发设定的创造
自然不会有随机勃发的真实畅想

于是　只相信一个词　希望
把未来当作必然写好的历史
用生命的短暂
去作生存意义的度量
包含了所有被冷眼旁观的痴情　癫狂
背弃了全部已做成格言的美妙幻想
只用爬行的姿势　带上最高效的食粮
寻求最省力的激励　朝着惯性滑落的光亮　方向

我诗写我心之
能懂能诵

※

能懂

无论怎样的文学形式，诗词歌赋、小说散文，凡是形诸文字的作品，能够让人看懂，能够明白创作者的表达意图，这应该是一个最基本的准则。

白居易的诗大家都知道，叫作"老妪能解"，用词造句很简单直白。"离离原上草，一岁一枯荣。野火烧不尽，春风吹又生。""在天愿作比翼鸟，在地愿为连理枝。天长地久有时尽，此恨绵绵无绝期。"没有多少复杂的文字，表达的意境和感情通俗易懂。

柳永的词是号称"凡有井水饮处，即能歌柳词"，井水饮处，就是市井人家，也就是普通民众生活的地方，都能唱起柳永的词曲，能被传唱，自然是能听懂，明白其意思才能被普遍传唱，就像现在的流行歌曲，不可能一首歌大家都喜爱唱，但是意思却搞不懂，这是不可能的。柳永的词作，像"多情自古伤离别，更哪堪、冷落清秋节。今宵酒醒何处？杨柳岸、晓风残月"，描述离别的难耐情感，很容易懂。所以柳永就是那个年代的流行歌曲之父，像《八声甘州》里的"对潇潇暮雨洒江天，一番洗清秋。渐霜风凄紧，关河冷落，残照当楼"，美得不得了，又很简洁明快，只要不是太傻的人，字儿认不全光听也都能听懂。

李白的诗也很好懂，"床前明月光，疑是地上霜。举头望明月，低头思故乡。"几乎是小孩子发蒙时的基本学习诗句，牙齿都没长全的孩童都能摇头晃脑琅琅读出。还有更简单的："李白乘舟将欲行，忽闻岸上踏歌声。桃花潭水深千尺，不及汪伦送我情。"描写一位布衣好友汪伦送别他的情形，直接把自己和好友的名字入诗了，但是也并不显得俗，反倒见其真诚。其他的诗也一样，都是直抒胸臆，晦涩深奥的不多，"众鸟高飞尽，孤云独去闲。相看两不厌，只有敬亭山。"多简单易懂！"朝辞白帝彩云间，千里江陵一日还。两岸猿声啼不住，轻舟已过万重山。"更是有种气势奔腾的舒畅感！

王之涣的那首著名的"白日依山尽，黄河入海流。欲穷千里目，更上一层楼"，多简单直白，但是意境也很深远，同时也是极容易懂。

杜甫的诗，也都很容易懂，如大家极其熟悉的几首："好雨知时节，当春乃发生。随风潜入夜，润物细无声。""国破山河在，城春草木深。感时花溅泪，恨别鸟惊心。""无边落木萧萧下，不尽长江滚滚来。"没有一字一句存在疑难之处，读来感觉场景历历在目，通俗易懂又志趣高雅！而几首大家不太熟悉的，如："去年潼关破，妻子隔绝久。今夏草木长，脱身得西走。""年年至日长为客，忽忽穷愁泥杀人。江上形容吾独老，天边风俗自相亲。"虽然是抒发的愁苦情绪，但是并没有故作深沉，依然是依照韵律和真情实感在铺陈，理解起来也都不困难。

所以，吟诗作词的用字和缀句，一定要能够让人看懂你的意图，虽然诗是自己写，但也是写给更多人看的，不能说我就是这样写了，我写的就是我自己的内心思想，不是说我诗写我心吗？哈哈，我想写什么就写什么，你爱懂不懂！当然，这样讲可以，因为谁都有写作的权利，言为心声嘛，什么样的想法都可以写。但是，看者也可以有选择啊，你爱写不写，我爱看不看，看不懂的当然就不看，听不懂的当然就不听呗，那你写诗的目的是什么？如果不考虑读者听者的感受，就不能被很好地传播，你的什么精深意境、宏图大义自然也就不能被广为理解。

有些诗真的是让人看不懂，咱们不妨看几首这样的诗：

1
失恋的水牛，像理想社会
球形的苦恼和杂草丛生的危房在相互吻
我看到，静静的气体在谈判，儿童装在梦想着乞丐王国

酒会，教堂和运动衣，在一起沉睡着
拥抱吧呼唤吧述说吧吃喝吧，庞大的枪弹！
我是胆怯的星期日！我是深邃的地对地导弹！！
我是呼吸我要扭曲我要跋涉我要波动我还要鼓掌呢！

2
鸡薄薄得鸟瞰
在嗥分数旁，我下降着……

广角镜头有营养得雾化
在那太空船队旁，我拍手着……

在塔克拉玛干沙漠整齐得旋转
在那金星旁，我发困着……
鸟窝内向得晃动
在那希腊神殿旁，我抽泣着……

3
嘘，敌人在述说遗传基因在迎接木屋
看猎户星座是多么高洁！
抄死人的有机玻璃从纬度飞来
耶稣在拍摄面包
广场和幸福鸟和军服和落叶，还有垂直平分线，在一起低吟着……

4
紫红的，无规律的和阴暗的……

我看到，纷纷扬扬的雅典在凝固，交响乐在挽着衣服

5
对着无限大的少女，我拍手着……
宽松，大，火热……
我要转动我要握拳我要格斗我要大笑我还要述说呢！
在这阴森的航线中，没有满月．只有苦酒

对着放射形的杠杆，我呼喊着……
爱闹，人工合成，土色……
我要成长我要消沉我要发痒我要发困我还要起皱呢！
在这有灵气的蜡烛中，没有守夜者，只有灯

对着汹涌的计时器，我抖动着……
放射形，天真，飞快……
我要咬我要升华我要跑我要下降我还要厮杀呢！
在这酸的理想社会中，没有游泳衣，只有午夜

对着生机勃勃的水洼，我腐蚀着……
短小，胆怯，×形……
我要失明我要以光速奔跑我要接吻我要发誓我还要飞旋呢！
在这跑着的月亮中，没有动脉，只有暖风

　　这几首诗估计大家谁都看不懂，能看懂才怪！因为它不是人写的，据说这是一个写诗软件写出来的，拿这几首诗做例子可能有些极端，不具备普遍意义，但是，现在有很多所谓的诗人据说就是在这样写诗，在电脑键盘上随意敲几个键，借助输入软件的联想功能，再间隔按几下回车键，蹦

出的字就算是诗了。当然，这毕竟只是极少数的极端行为，但是咱们再看这一首，这是真人写的，基本代表了当前一些诗人创作的大体样态：

> 阳光如橙
> 雨水青绿
> 于黑夜的腹部
> 柔软处熬煮
> 时间是一米阳光
> 长出两只手
> 当音乐响起
> 手缓缓地细碎
> 黑夜与光明交替
> 一些纹路
> 有山有水
> 长满了植被

这是我在网络的一些诗歌吧里随意选的一首诗，创作者估计肯定是别有深意，但是估计也只有作者自己能解释清楚其中的奥妙所在，诗中出现的一些"元素"之间的关系近乎猜谜，我反正是读不出其精深大义来，估计大家也不太能懂。另外语句用词也没有韵律，读起来毫不押韵。

还有这一首：

> 下雨了，但这不是下雨的心情
> 秋天了，但这不是秋天的凉意
> 一支乐曲在它不被演奏的时候
> 一种思想在躯体以死的头颅中
> 生活的言外之意，真理乃密中之密

我的双眼被白杨树上的伤疤重复

那到底下雨的心情是啥呢？秋天你说不是秋天的凉意，那是个啥？"以死"还是"已死"？是不是错别字？也不敢纠正，生怕是作者特意为之。而最后生活的真理又是啥？"密中之密"是密码吗？双眼又怎么被白杨树的伤疤给重复了？我实在是怕怕，不敢解，所以也不想解，不想看，因为看不懂。想起当年有个相声讽刺80年代的某些无病呻吟的朦胧诗的一些句子"月亮，你这白色的妖精，三角，拐弯……"，与此倒是有异曲同工之处。

这两首都是随手在网上选的，类似的这种网络原创诗作品还有很多。
我们再看一首：

近冰梅——类域论

1980 年 7 月

疏影横斜近冰栽，
枝枝簪雪映照来。
开为杏色偏芬冽，
幽为菊风冠群茝（chǎi，一种香草）。

稀世终久非歧寞，
篱香于兹自主开。
纷纷谁解素宜主，
类群甲群天安排。

作者自己注解说，这首诗要写的主题概念——类域论（Class Field Theory）是数学诸理论中体系最完美的一种。《数学百科全书》说它是现代数论的一门极重要理论，现在已渗透应用到各分支，几乎无处不涉及。此理论由希尔波特（Hilbert）在1900年左右猜测出，主要由福特汪格勒（Furtwangler）、高木贞治（Takdgi）、阿廷（Artin）至1927年给出证明。但像"类域构作"这样的世纪性大问题，研究还远无尽头，是现代最激烈前沿之一。类域论理论系统深邃，定理异常丰富。

不管这个什么"类域论"多高级吧，你可以去做专门的学术研究，写学术论文去，但是把它用诗的形式来表达，既不能透彻表现出这个理论的高妙所在，也不能很好地在大众层面推广普及这个理论。诗，就是要让人能看懂，我就坚持这么一个很低的原则。诗的能懂要直接透过你的诗句体现出来，不能说加上一堆注解才能明白你埋伏在其中的深刻意境。也常有朋友拿自己作的诗跟我说，哥们儿，你再仔细看看，我这首诗里面暗含着三套线索，分别用了什么明喻、暗喻、借喻等好几套手法，微言大义！我说哥们儿，你拉倒吧，不管你弄了多少条线索，我一条也没看出来，我这样的文化程度都看不出来，也就意味着大多数的人都看不出来，你这诗就算白写了。诗，有的时候固然需要一些特别的解释，包括有些特殊背景和人物关系等等，但是，在文字韵律和阅读美感层面，应该是不知道这些相关背景也能够感受到它的美好，并且在理解和接受上也不应该有太多的障碍。说到这一点，我其实想说一下，我是很反对在诗中用太多典故的，一旦有些典故读者不知道，整首诗的理解都会受影响，李商隐的诗就有这个特点。最厉害的诗作，还是采用现时的即时情景、运用当下的文字来创作出来。

所以，写诗不是一个自己想怎样就怎样的事，不能自显高深，搞得谁也不懂，似乎才有品位，这个不行，总还是要有一些基本的规则。我认为第一个规则就是能懂！不怕直白，简单的语义也能表现出想要传达的思想，从古至今，前面已经有很多例子可以说明这个问题。

在此特别还要说一下，诗一定要能懂，这只是个必要条件，不是充分条件，不是说那好吧，我只要写出能看懂的文字来就OK啦！诗也不是这么不讲究的东西，能懂的不一定就是诗，最起码不是好诗，好诗还要具备很多充分条件——如"立意不俗、用词精妙、韵律合辙、逻辑通达、言之有物"等等。

比如有这样一个故事，有兄弟二人，也可能读过几本书、研习过几篇诗作，时不时地也想吟诗作词弄弄风骚，但可惜文采浅陋，总是写出一些贻笑大方的东西。有一次，这兄弟二人在赶集路上看到泥塘中的鸭子在刨食，顿时诗兴大发，二人合作吟出了这么两句："弟兄二人去赶集，遇见个鸭子呱嗒泥。"吟完后却再想不出下两句来。在赶集回来的路上，又路过这个泥塘，突然灵光一现，吟出了下两句："弟兄二人赶集回，遇见个鸭子还在那儿呱嗒泥。"凑成四句，勉强可在体例上算是首诗吧，可语言内涵之粗浅庸俗简直会让人笑破肚皮。所以，不是说看到什么用简单易懂的话写下来就是诗，往好了说最多能算是打油诗，或者充其量只是个顺口溜，而像这兄弟俩的几句，要我说，狗屁不是！

但是同样简单的场景，并不是就不能入诗，我们看看这首几乎都熟悉的儿歌，就写得比所谓的诗还要好："门前大桥下，游过一群鸭，快来快来数一数，二四六七八。"也是在说鸭子，但是却充满了简单朴真的童趣，高下自显。而那首更著名的吟诵鹅的短诗——咏鹅——鹅鹅鹅，曲项向天歌。白毛浮绿水，红掌拨清波。大家都知道是出自幼年的骆宾王之手，文采之高，不输成年人！还有邵康节的这首诗，就是用从一到九的数字来作诗，但是内涵意境也并不简单，勾勒出了一幅绝美的村落画卷："一去二三里，烟村四五家。亭台六七座，八九十枝花。"个中意趣，跃然纸上！

所以，作诗是一件雅事，得有文采、情怀、意境的兼备，至于现在很多持着一味求简单、放任的态度，过于随意地用没有任何意蕴的文字胡乱组合而妄称是诗的现象，实在是坏了中华诗词的精魂。

"赛江南嘀，辣得跳，是不能，把人，辣得一跳嘀，而是，把人，辣得，要昏掉。"这是一位网友仿造近年大行其道、引起广泛争议的"××体"自创的诗歌《辣不跳——在赛江南吃著名嘀辣得跳有感》。是好是坏，我懒得说了，读者自己评判吧，这连顺口溜都算不上，我认为更不能叫诗，比那两位吟鸭子的兄弟都不如。

当然，对于能懂的理解也有一个度的问题，作诗有言"诗无达诂"，百花齐放嘛，很多诗句的内涵意趣也不一定都是那么的直白外露，保留一些想象的空间，也是诗词美好的属性特征。因此在什么程度上的"能懂"是一件大费思量的事情，但是这个度的把握应该是这样的，一字一句也许不一定都做到能懂，而整体的韵味得让人能感觉到你的意图所指和精妙所在。

像晚唐李商隐的一些诗至今还有难解的，比如这首《锦瑟》：

> 锦瑟无端五十弦，一弦一柱思华年。
> 庄生晓梦迷蝴蝶，望帝春心托杜鹃。
> 沧海月明珠有泪，蓝田日暖玉生烟。
> 此情可待成追忆，只是当时已惘然。

这首《锦瑟》极受人们的喜爱，也是李商隐的一篇代表作，爱诗的无不乐道喜吟，堪称最享盛名。然而它又是最不易讲解的一首难诗，自宋元以来，揣测纷纷，莫衷一是，对这首诗的解读大体在于这些要点关节（引自网络评论）：

> 诗题"锦瑟"，是用了起句的头二个字。旧说中，原有认为这是咏物诗的，但近来注解家似乎都主张：这首诗与瑟事无关，实是一篇借瑟以隐题的"无题"之作。学者周汝昌认为，它确是不同于一般的咏物体，可也并非只是单纯"截取首二字"以发端比兴而与字面毫无交涉的无题诗。它所写的情事分明是与瑟相关的。
>
> 起联两句，从来的注家也多有误会，以为据此可以判明此

篇作时，诗人已"行年五十"，或"年近五十"，故尔云云。其实不然。"无端"，犹言"没来由地"、"平白无故地"。此诗人之痴语也。锦瑟本来就有那么多弦，这并无"不是"或"过错"；诗人却硬来埋怨它：锦瑟呀，你干什么要有这么多条弦？瑟，到底原有多少条弦，到李商隐时代又实有多少条弦，其实都不必"考证"，诗人不过借以遣词见意而已。据记载，古瑟五十弦，所以玉溪写瑟，常用"五十"之数，如"雨打湘灵五十弦"，"因令五十丝，中道分宫徵"，都可证明，此在诗人原无特殊用意。

"一弦一柱思华年"，关键在于"华年"二字。一弦一柱犹言一音一节。瑟具弦五十，音节最为繁富可知，其繁音促节，常令听者难以为怀。诗人绝没有让人去死抠"数字"的意思。他是说：聆锦瑟之繁弦，思华年之往事；音繁而绪乱，怅惘以难言。所设五十弦，正为"制造气氛"，以见往事之千重，情肠之九曲。要想欣赏玉溪此诗，先宜领会斯旨，正不可胶柱而鼓瑟。宋词人贺铸说："锦瑟华年谁与度？"（《青玉案》）元诗人元好问说："佳人锦瑟怨华年！"

但是不管作者的原始意图和创作构思多么难以猜度吧，这首诗中所体现的人类普遍情感是都能感受到的，因此，能懂并不是简单地说一字一句都要白居易那样的"老妪能解"，而是在某种艺术感觉和人类心灵上能够达到互相沟通交汇的精妙意境，即使朦胧曲折，也不失探究咀嚼的意趣。

为什么我把诗要能懂看得这么重要，把这个作为基本要求放在第一位？说重了，这是拯救中国现代诗创作的第一要务！第一要紧的事！因为前文已经反复强调过，现代的诗在离我们越来越远，究其根本原因，最大的毛病就是现代的诗让我们看不懂了！没人去看、去读，这门艺术只能越走越窄，如此下去，离消亡也就不远了！

那么，为什么文学殿堂里最为高贵的诗，会出现这么个不尴不尬的弄到竟然让人看不懂、敬而远之，甚至避之唯恐不及的局面呢？从先秦的《诗经》起，到盛唐、宋、明、清，甚至中间被所谓异族乱中原的南北朝、五胡十六国、元人南侵，诗的存在和为人们所喜爱也一直没有受到过影响，几千年的传承啊，何以至今天反而成了难以去亲近之的无奈呢？

　　我的分析也许有一些失之偏颇，但是导致现在这种现代诗看不懂的原因，始源却是20世纪二三十年代的新文化运动。当然这一次文化运动最大的功绩是把原来高高在上的只存在于少数精英之间的文言文写作，变成了大众普遍可接近的白话文写作，本来这是一次由"难懂"的文言文向"易懂的"白话文转化的过程，但是，由于这次运动几乎对传统文化是采取了全盘否定的一种态度，甚至当时还有观点说要废除中国文字，恨不得全采用字母文字，说"中国文字是落后之根源"云云。运动的倡导者大多是第一批留洋的学生，一时间全盘向西方文化靠近，当时的"新生活运动"就曾经试图推行过用拼音来写句子，全然要把中国字都抛掉。所以在这种情况下，"诗"的创作更是受到直接的影响，从国外，包括泰戈尔、雪莱、裴多菲，这些西洋体的诗篇开始大量引入。"现代诗的发展与演变是与五四运动的新文化探索同步的，反传统和全方位接受西方现代主义在当时是一种很不正常的正常。"台湾诗人洛夫先生如是评价中国新诗的起源。

　　说句实话，这些引入中国的西洋诗比起传统的中国古诗词在格律规制方面有些过分讲究，或者表现领域过于狭窄，总是在才子佳人相思、怨妇思春、田园、边塞等领域，还有一些风光、咏物的诗词等，显得要自由开阔许多。读中国古诗词可能会有感觉，由于表现内容的限定，用词也相对不太丰富，就那么些个，比如说光"阑干"这个景物词就多次出现在很多著名的诗句里边，发愁了倚"阑干"、相思了倚"阑干"、抒怀了倚"阑干"，悲愤了还是倚"阑干"。有好事者曾经总结出来一百个常用词，按七言或五言的句式在一定顺序下组合，都能成为一首不错的诗：

1. 空　2. 东风　3. 何处　4. 人间　5. 风流
6. 归去　7. 春风　8. 西风　9. 归来　10. 江南
11. 相思　12. 梅花　13. 千里　14. 回首　15. 明月
16. 多少　17. 如今　18. 阑干　19. 年年　20. 万里
21. 一笑　22. 黄昏　23. 当年　24. 天涯　25. 相逢
26. 芳草　27. 尊前　28. 一枝　29. 风雨　30. 流水
31. 依旧　32. 风吹　33. 风月　34. 多情　35. 故人
36. 当时　37. 无人　38. 斜阳　39. 不知　40. 不见
41. 深处　42. 时节　43. 平生　44. 凄凉　45. 春色
46. 匆匆　47. 功名　48. 一点　49. 无限　50. 今日
51. 天上　52. 杨柳　53. 西湖　54. 桃花　55. 扁舟
56. 消息　57. 憔悴　58. 何事　59. 芙蓉　60. 神仙
61. 一片　62. 桃李　63. 人生　64. 十分　65. 心事
66. 黄花　67. 一声　68. 佳人　69. 长安　70. 东君
71. 断肠　72. 而今　73. 鸳鸯　74. 为谁　75. 十年
76. 去年　77. 少年　78. 海棠　79. 寂寞　80. 无情
81. 不是　82. 时候　83. 肠断　84. 富贵　85. 蓬莱
86. 昨夜　87. 行人　88. 今夜　89. 谁知　90. 不似
91. 江上　92. 悠悠　93. 几度　94. 青山　95. 何时
96. 天气　97. 惟有　98. 一曲　99. 月明　100. 往事

　　我简单试了试，还真的可以弄出不少的诗句来，读来都有几分唐宋的味道。因此在一定意义上说，中国古诗词在内容表现领域上不够开阔。有评价说，中国古诗词在叙事性和思想性上都很缺乏，同时更比较缺乏关照个体内心的这种人性关怀的作品，因为，过去认字的读书人才会写诗，而这些人又大多身在仕途，官做大的有王安石这种宰相级别的，欧阳修、韩愈都是高级官员；再小的也是个判官，你看很多送别诗都是写"风雪送某判官去哪哪",杜甫一生官场不得志,还弄了个工部员外郎干干,被称为"杜工部"。所以,为官在仕途,家国情怀比较强烈,思考的都是国计民生的大事,不得意时也在寄情山水,实际还是在瞄着何时被起用复出,真到陶渊明那心态的其实没几个。相对而言,对人生哲理的自我深度思考就较少了,你看一部被读书人、治国者奉为圣经的《论语》主要就是界定人际关系的,目的还是要实现治国平天下的理想。所以,中国人不太想自己,情怀都很高远,而自我认识的意识不强。

因此,在这样的情况下,初开国门时,西洋诗中那种对生命、对自我欲望的诉求,一下子打开了当时很多有过留洋背景的人的眼界和心门,也开始比照西洋诗,创作我们现在叫现代诗的中国白话文诗。这当中,也确实有一些很不错的,比如像最经典的徐志摩《再别康桥》、戴望舒《雨巷》、卞之琳《断章》等等,当然,这些新的现代诗在人性的自由、情感的刻画上较之传统的中国古诗词来有了另开一面的感觉,既有西洋诗的优美人性自我展示,同时还兼顾了中国传统诗词的文字和部分韵律,所以读来很清新,耳目一新。直到现在,我们一到有诗歌诵读的场合,还在诵读着这一批诗,我姑且把这个阶段叫作白话文后第一座中国诗的美丽高峰。

但是,虽然这一次白话文运动产生了一些不错的现代诗,却也种下了太过自由、不讲音律的恶因,这样导致的恶果在其后的近百年时间里慢慢累积,终而形成我们今天大规模的诗歌创作无规无矩、恣情泛滥的局面。对此一味效法西洋诗歌的现象,华北电力大学邓程先生的论述极为尖锐:"西方诗歌在西方文化中的地位向来很低。在宗教理性的大范围内,文学的地位本来就低,诗歌在文学中的地位就更低了,向来排在小说戏剧之后,可以说,西方诗歌对西方人来说,是无足轻重的。西方疯狂错乱的现代派诗歌由于它的反理性性质,它是不可能占居主流地位的。可以说,对西方人来说,现代派诗歌就像一个玩意儿,有兴趣了看一下,没有兴趣就懒得管它变成什么样。只有现在的中国学术界把它当成一个宝,拂拭终日,供奉起来,谁也不能碰。悲夫!"

其后的一段时间，中国社会进入历史上最为波澜壮阔的改天换地时期，披沥着战火硝烟一直步入新中国成立和生产建设，气魄宏大的诗篇唤起了中国诗词创作的又一次新的高峰。许多国家缔造者把他们的革命情怀倾洒在了大气磅礴的诗句里，像毛泽东主席、陈毅（我后面会举例）、朱德的诗，以及许多文化工作者像贺敬之、郭小川的诗，内涵丰富，语句流畅，文学艺术水平很高，读懂也是一点问题都没有的。毛主席的这首《沁园春·雪》（北国风光，千里冰封，万里雪飘。望长城内外，惟余莽莽；大河上下，顿失滔滔。山舞银蛇，原驰蜡象，欲与天公试比高。须晴日，看红装素裹，分外妖娆。 江山如此多娇，引无数英雄竞折腰。惜秦皇汉武，略输文采；唐宗宋祖，稍逊风骚。一代天骄，成吉思汗，只识弯弓射大雕。俱往矣，数风流人物，还看今朝）在重庆谈判期间发表，震惊了当时的文坛政界。贺敬之的《回延安》（几回回梦里回延安，双手搂定宝塔山）、郭小川的《青纱帐与甘蔗林》（看见了甘蔗林，我怎能不想起青纱帐！／北方的青纱帐啊，你至今还这样令人神往；／想起了青纱帐，我怎能不迷恋甘蔗林的风光！／南方的甘蔗林哪，你竟如此翻动战士的衷肠）都很优美，感情真挚，而且易懂，不认识字都能听懂！我把这段时期称作白话文后第二座中国诗的美丽高峰。当然，这中间也有一些为了宣传目的所作的歌颂诗篇，但摘去其他因素，并不影响很多优美诗歌的存在和中国文字之美的传承。

一直到70年代末期，经历了一段动乱岁月的中国文学，在诗词创作上出现了一批感情真挚、反思人生，又关照社会、激励上进的诗词，鲜明的代表即是集中体现在这个年代时间段出现的朦胧诗，北岛、顾城、舒婷等朦胧诗作者成为一代人的精神偶像。我认为，朦胧诗其实并不朦胧，与民国初的西洋化相比，它回归了中国诗的人文传统，在韵律和词句的优美上又重新回到了中国文字的美好上来。像舒婷的《致橡树》（我如果爱你——／绝不像攀援的凌霄花／借你的高枝炫耀自己／我如果爱你——／绝不学痴情的鸟儿／为绿荫重复单调的歌曲）、《祖国啊，我亲爱的祖国》（我是你河边上破旧的老水车／数百年来纺着疲惫的歌／我是你额上熏黑的矿灯／照你在历史的隧洞里蜗行摸索）、食指的《相信未来》（当蜘蛛网无情地查封了我的炉台／当灰烬的余烟叹息着贫困的悲哀／我依然固执地铺平失望的灰烬／用美丽的雪花写下：相信未来）、北岛的《回答》（卑鄙是卑鄙者的通行证／高尚是高尚者的墓志铭），这些诗我认为是白话文之后第三座中国诗的美丽高峰。

台湾诗人洛夫说到这段时期的诗创作时，他说，到了20世纪80年代，诗人们觉悟到，一个中国诗人在移植的土壤中是长不大的，必须寻找更有利发展的因素，那就是回到本土，回到自己家园来挖掘，这在当时被称为"回归传统"。洛夫强调的则是"回眸传统"，他认为，应当重新评估中国古典诗歌传统美学的参照价值，重新找回失落已久的古典诗歌意象永恒之美。"我们放弃了格律陈陈相因的语法，陈旧的审美思维模式，但不应放弃古典诗中那种超越时空、万古常新的美的意象。"洛夫如是告诫诗的创作者。

但是，在第三座中国诗的美丽高峰之后，随着很多其他形式的文化艺术，比如流行歌曲的快速崛起，诗的创作不再是最高文字艺术的唯一呈现，许多有才华的文人被分流了，这当中，写歌词的分走了不少优秀的文字高手。像黄霑先生的《沧海一声笑》："沧海一声笑，滔滔两岸潮。浮沉随浪只记今朝。苍天笑，纷纷世上潮，谁负谁胜出天知晓。江山笑，烟雨遥，涛浪淘尽，红尘俗世几多娇。清风笑，竟惹寂寥，豪情还剩了一襟晚照。苍生笑，不再寂寥，豪情仍在痴痴笑笑。"王健老师的电视剧《三国演义》结尾歌词："暗淡了刀光剑影，远去了鼓角铮鸣，眼前飞扬着一个个鲜活的面容。湮没了黄尘古道，荒芜了烽火边城，岁月啊，你带不走那一串串熟悉的姓名。兴亡谁人定啊，盛衰岂无凭啊，一页风云散啊，变幻了时空。聚散皆是缘啊，离合总关情啊，担当生前事啊，何计身后评。长江有意化作泪，长江有情起歌声，历史的天空闪烁几颗星，人间一股英雄气在驰骋纵横。"都具有诗词一般的美丽境界。还有像林夕、方文山、罗大佑，甚至像民谣歌手李春波们等等，都把灵感和才华用在了写歌词上。其实一定意义上说，歌词也是诗，柳永的词和苏轼的词不都是那个年代流行的唱词吗?最早的《诗经》里各国的"风"就是在乡野阡陌间飘荡传唱的歌曲,只不过不是单独分离出的诗的鲜明存在罢了。但是我觉得,歌词和诗毕竟不是同一文学类型,歌词不能完全取代诗,在一首歌里,一般来说,曲要重于词,因为一般来说,歌词是配合曲调而作,所以在本身文字逻辑的严谨和自身文字音韵的节奏上不能单拿出来成为诗篇。

但是,毕竟歌曲更易于流行和商业化,其中暗含的经济利益和文化成就感吸引去了一大批才情横溢的弄文字者,自然,剩下来的写诗人和诗的创作,在才华上就打了折扣(当然,随着时代的变化,还催生了大量的"段子手",但是段子编得再好,毕竟跟诗比起来,自是云泥之别!况且,段子的内容以讥讽、奚落、挖苦、搞怪为能事,与诗的发人深省、催人振作更是背道而驰)。再加上外国的诗歌文化艺术风格的进一步侵蚀,这些本来就为数不多的写诗人,就有点渐渐偏离中国文字的诗作风范,路子从学西方到进而越走越窄,写的东西,叫我说,是中不中、西不西,既失去了中华文字的韵致,在内容表现上也难说意境深深。即使中间偶有佳作,比如海子的《面朝大海,春暖花开》等为数不多的类似创作,但这样的句子也是仅见寥寥,大量的所谓现代诗作就成了我刚才说的,越写越没人能懂了。像一些充斥着暴力、性等低俗趣味的诗,完全失去了中国诗词应有的美感和情操,成了个人情绪宣泄。对于这样的诗作,相信大家或多或少接触过,在此也不想举其例子了。台湾著名诗人洛夫先生就一针见血地指出,目前诗坛后现代诗歌的文本解构以及"口水诗"的特点,不但与我们的诗歌信念背道而驰,同时也使得一般读者为之瞠目结舌、退避三舍。

而且还有一个现象,现在很多的诗人,还大多以处于非主流而自居,以落魄的生活状况或不正常的生活方式而自骄,似乎只有这样才能写出诗来,才能写出满篇充满了对生活、对社会的不堪和无奈的感觉来,诗作中透露出的格调和情绪更是极其的晦涩晦暗。最鲜明的标志,就是我花了这么大篇幅来陈述的,写的诗过于小众,大众读不懂!但实际上,诗人应该也是正常的人,需要正常的观察生活、接触民生,并通过文字创作从中提炼浓缩出富含人生积极意义的诗句来。唐朝颇有成就的贫寒诗人贾岛也曾生活拮据，终日苦吟，虽"两句三年得，一吟双泪流。知音如不赏，归卧故山秋"，但还是写出了"鸟宿池边树，僧敲月下门"这样意境优美的诗句来。

所以，诗，应该是有意义前提下的能懂、能解、能读、能听，发人思考、给人启迪；诗，而且作为中国诗，应该有她自己的规矩和文化属性，除了刚才说的第一个规矩"能懂"之外，我认为大体还要具备以下的一些要求，仅"能懂"是不够的。

能诵

有没有发现，我们现在各种文化娱乐场合朗诵的诗篇离我们太久远了，要么是上千年前唐宋的《将进酒》《满江红》，要么是上百年前民国的《再别康桥》，年代稍微近点的几首现代诗，也都是几十年前的作品了，当代的诗作几乎没有能做朗诵之用的。也就是说，现代的诗，除了不能懂之外，也不能诵了！为什么不能诵？是因为没有韵律了，不押韵，东一句一个音，西一句一个调，怎么读？另外在体例上太过自由，有的短到只有一两句话，极端些的甚至几个字！刚起个调就没了，无法形成韵味悠长的诵读；有的长度倒是适合诵读的需要了，但是笔法几乎等同于散文，或是随意地把一大段话分了分行，完全不是按照诗者能歌的韵律来写作的文字。

我有一个基本观点："诗必能诵方可传。"为了诵读的顺畅和便于更为口头的传播流传，一定要有韵脚，或韵律明显，句句流风；或隔句成韵，起落有致；或能有大的气口词韵，归结于宏大旋律。避免过分效法西洋诗句，不讲韵律，几句散乱的文字组合，纵有些意涵，却失去了中华文字的音韵美。

能诵，应该是中国诗的一个最基本要求和最鲜明的标志，因为诗不仅仅是用来抒怀言志、记录思想，更重要的一个功能是它还同时保持着一个民族的文字传承，而中国文字最优美韵律的颂扬又最集中地体现在诗歌上，所以说，中国诗必须要有中国文字的韵律，也应该是一个铁律！押不上韵的词句，断然是不该作为诗的形式出现的。你可以去写散文、小品文、议论文，但只要是作诗，必然要押韵！

可以说，诗一写成，就应该是为了读出声或唱成曲而准备的，从诗经的自由体到唐诗的严格格律，再到宋词的长短句，都是为了利于歌唱吟诵。押韵，是一个无须多说的基本要求，写诗不押韵，你写的能叫诗吗？所以词句一定要有韵律，即合辙押韵才能传唱吟诵得起来，这是诗从一诞生就区别于其他文字形式的一个鲜明特点，我们大略能从很多的史线寻踪中也能觅得一二。如后人在评司马迁的《史记》时，那句著名的"史家之绝唱，无韵之离骚"，《离骚》是诗，是有韵律的，《史记》是记录体的文学艺术，不是诗，所以只能是"无韵之离骚"，同时也反衬出作为诗歌的《离骚》必然是要有韵律的。

遍数一下我们耳熟能详的那些著名诗篇，无一不是韵律优美、朗朗上口而被吟诵多年的，像其中的一些，如苏学士的"明月几时有"等还被谱上了曲调，可和今天的流行歌曲并行传唱，更加为人所熟知记忆而广为流传。你看我们现在能脱口而出、能够记录流传下来的，都是适合诵读的，《将进酒》："岑夫子，丹丘生，将进酒，杯莫停。与君歌一曲，请君为我倾耳听。"《江城子·乙卯正月二十日夜记梦》："十年生死两茫茫。不思量，自难忘。千里孤坟，无处话凄凉。纵使相逢应不识，尘满面，鬓如霜。　夜来幽梦忽还乡。小轩窗，正梳妆。相顾无言，惟有泪千行。料得年年肠断处，明月夜，短松冈。"是不是都有着优雅绝美的韵律呢？

而韵律感不好的诗，即使是名家所作，如果词句押不上韵，也不会广为流传起来。你像这首也是李白的诗："相煎成苦老，消铄凝津液。仿佛明窗尘，死灰同至寂。捣冶人赤色，十二周律历。赫然称大还，与道本无隔。"从现代汉语的角度，读起来已很不好读，有些音韵已不太合，不好押韵、不上口，所以没有被广泛诵读，只能算在李太白先生诗集里的一首诗吧。据说李白有一万多首诗作，但是流传下来为人所知的却不过百首，耳熟能详的也仅仅几十首吧，主要是文字的韵律是否优美上口。

再看李商隐的这首："白道萦回入暮霞，斑骓嘶断七香车。春风自共何人笑，枉破阳城十万家。"词句的韵脚有些不太齐整，末句勉强才押上第一句的韵，虽说有古音律与现在音韵的差别，但是现在读起来仍不免有些拗口，所以也不太被人知。我们熟悉他的诗还是这样的："相见时难别亦难，东风无力百花残。春蚕到死丝方尽，蜡炬成灰泪始干。晓镜但愁云鬓改，夜吟应觉月光寒。蓬山此去无多路，青鸟殷勤为探看。"韵律押得很准，一气通贯！诗的意思也好、朗朗上口，所以广为流传了下来。

现代有些诗一味地模仿外国诗，在人性、哲理上也许穷加探究了，当然这个也没有错，我们中国诗虽然多以表现风物人情为主，也要讲究诗以意为先、注重理性的挖掘。不过人家外国诗也不是没有章法的文字组合，也是要押韵的，押的是字母读音的韵律，但在翻译成中国诗的时候、用中国字去替代时，这些韵律就丢了，自然也就押不上中国字的韵了。因此，早有一种说法，这种说法我也很是认同，诗这种东西是不能翻译的，必须要读原著。比如像当下被炒热到发烫的那首《当你老了》，其原文是这样的：

> When you are old and grey and full of sleep,
> And nodding by the fire, take down this book,
> And slowly read, and dream of the soft look
> Your eyes had once, and of their shadows deep;
> How many loved your moments of glad grace,
> And loved your beauty with love false or true,
> But one man loved the pilgrim soul in you,
> And loved the sorrows of your changing face;
> And bending down beside the glowing bars,
> Murmur, a little sadly, how love fled

And paced upon the mountains overhead

And hid his face amid a crowd of stars.

也就是说，人家本来也是有韵律的，在尾音的字母上是有韵的，但是我们翻译过来之后，就目前流行的最好版本来看，在韵脚上也没有原文的押韵了，汉语版我就不列举在此了，大家可以对照着自己读读感觉一下。同时，我更想说的是，中国诗更不能翻译成西洋诗，很多字词的意味在翻译之后的损失程度要远远大于西洋诗翻译成中国诗，比如这两句："常羡人间琢玉郎，天教分付点酥娘。"其中的两个名词"琢玉郎"和"点酥娘"，简直是美妙得不可方物！但是如果译成洋文该怎么翻译呢？一般的也就是"The Beautiful Boy"漂亮男孩和"The Beautiful Girl"漂亮女孩吧，讲究些的可能还会用"Elegance man"儒雅男士或"Elegant lady"典雅女士，但是跟"琢玉郎"和"点酥娘"的原文相比，差了不止十万八千里！"琢玉"和"点酥"，无可替换，只此二字，美妙到不能呼吸！如玉雕琢般丰神俊朗的男子和柔美聪慧的佳人，把这么多的美妙含义容纳在里头，中国字的每一个字可以说字字珠玑，词词锦绣！所以，这种极度浓缩在字词里的文化，非本民族的语言不能完美解读之。这点跟影视作品和歌曲舞蹈还不一样，影视毕竟有形象出现，就像两个语言不通的人可以比比划划地交流，听不懂可以看图画也能理解；歌曲舞蹈也都有旋律音乐，可做国际通行语言。但是，纯文字的东西，小说啥的长篇点儿的也许还好办，毕竟会有相同的理性逻辑来构建框架，因为故事的展开脉络这样纯逻辑的成分在中西文化上是可互换的。而精悍短小的诗词，一字一词都有意象万千的中国字是别的符号语言万万替换不了的。

所以，诗不能向洋文投降，必须守住中国文字美的底线！正如邓程先生云："中国有一个世界上独一无二的伟大的诗歌传统。这个传统已经被猖獗的现代诗销蚀殆尽。我们不能容忍中国诗的传统被洋垃圾所淹没。我们坚定地相信，这些洋垃圾不可能淹没伟大的中国诗歌，待浮华落尽，我们终将发现中国诗歌的正确道路就在于回归自身。"因此，在文字艺术的语言文化上，我甚至极端地认为，诺贝尔奖能得固然可喜，不得也无损中国文化的芬芳独具。

　　这里既然说到了外国诗，也就是西洋诗吧，不免还想多说几句，除了韵律不合的事儿，在内涵上也值得推敲商榷。还是说那首被推崇得不得了的诗《当你老了》，据说尤其对女性读者的杀伤力极强，被感动得不行不行的。可能动人之感触在于，当容颜不再、又为他人之妇的暮年，却依然不改其爱恋的初心而已。其实这般对爱情的痴情、对心仪异性的迷恋，在中国人的感情世界里并无多么出奇之处，而在唐诗宋词里缺少这样的表现，可能很大程度上是由于中国千百年的男权社会，多有怨女思情郎，而少了男人对倾心女子的直言吐露。你看从《诗经》开始，就有很多以女性的口吻大胆、火辣的爱情表白，和不惜身死魂殇的爱情投入，如："上邪，我欲与君相知，长命无绝衰。山无陵，江水为竭。冬雷震震，夏雨雪。天地合，乃敢与君绝。""摽有梅，其实七兮。求我庶士，迨其吉兮。"似乎相比之下，男同胞们在男女之情上过于被动了一些，但这完全是男性的社会角色占据主导所致，而也有不少多情重义的男子思恋、倾慕、怀念爱侣的诗篇，如上文举过的苏轼的《江城子》，元稹的"曾经沧海难为水，除却巫山不是云。取次花丛懒回顾，半缘修道半缘君"，情感的深重不亚于西洋诗的内涵。况还有"死生契阔，与子成说。执子之手，与子偕老"这样质朴却震撼一生的诺言表白！所以，不要被西洋诗几句白描的情话给招呼晕了。

　　再回到我们说的韵律上。现在的问题是，我们的很多现代诗作者，看了翻译来的外国诗，误以为只要写出所谓独特的内涵意境就行，无所谓韵律，而没有考虑到你还是用中国字在作诗，结果写出来的东西，中不中、西不西，失去了中国字的韵律，我看也未必就得了外国诗的内涵精髓，这是一个很不好的写诗风尚。没有押韵、没有韵律的诗，那只能是叫散文或是别的什么东西吧，一堆长短句子而已，按我的理解，绝对不能叫诗！这种风潮我前边也说了，是民国之初白话文运动带来的副作用，对太难懂的古文体进行一下改革没有问题，但是不能把中国传统文化中好的东西都废除，这就像你可以引进西洋画和油画的技法，但是中国画，讲究的就是水墨山水，黑白为主色调，偶兼几笔彩色，自有中国画的优美意境。因此，各画各的就得了，画油画就按西洋的技法，画中国画就按水墨丹青的规矩来，千万不能混到一起，那就四不像了，即使要借鉴，中国画的传统是不能丢的。作诗也一样，要学外国诗，可以借鉴其中的哲理思考，但是用中国字写的话，还是要依中国诗的规矩，必须押韵！

所以，很多非汉语的诗作在翻译时，如果不能顾及中国文字的韵律美，不管其意境和力量多么宏大精深，也是不会为大众所接受的。而这其中，像仓央嘉措的诗，在翻译上就做得非常之好（虽然仓央嘉措也是中国人，但所在区域的语言和汉语还是有着很大的不同，故可借来做比之用），因为仓央嘉措是一位活佛，他的原始诗篇是用古藏语写成的，原本的韵律肯定也是按藏语的发音来布的韵，所以我说这个翻译仓央嘉措诗篇的于道泉先生很伟大，他不是直译就完事，当然仓央嘉措的诗本身蕴含的思想哲理就很丰富，直译过来也能为大众接受并且传扬，但是，翻译者依然遵照了中国诗歌的韵律要求，每一首都采用了意思相符、音韵适当的汉字，读来既意味隽永，又朗朗上口。比如：

第一最好不相见，如此便可不相恋。
第二最好不相知，如此便可不相思。
第三最好不相伴，如此便可不相欠。
第四最好不相惜，如此便可不相忆。
第五最好不相爱，如此便可不相弃。
第六最好不相对，如此便可不相会。
第七最好不相误，如此便可不相负。
第八最好不相许，如此便可不相续。
第九最好不相依，如此便可不相偎。

第十最好不相遇，如此便可不相聚。
但曾相见便相知，相见何如不见时。
安得与君相决绝，免教生死作相思。

读起来文华美韵并具，实在美得无可言表！

所以说，押韵是中国诗鲜明区别于他国文化作品的一个显著特征，苛刻点儿讲的话，不押韵就不能叫中国诗！中国诗的美，美就美在她的独特的汉语韵律，音韵之美，读来朗朗上口、余音绕梁、回味无穷，用三月不知肉味来形容毫不为过。我们做中国人最自豪最美妙的就是我们的文字，横平竖直方块字，一个字本身就意味无穷，不像字母语言文化，一个字母只是一个音节符号，几个字母凑成单词才有一个符号集合的代表意义，这个符号集合本身没有多少信息含量。所以我们中国人的骄傲是我们祖先发明的中国字，中国字的听觉效果又体现在她的音韵之美上，而给予她最好音韵之美表达的就是我们说的中国诗歌，诗和歌，合辙押韵，听起来多美啊！在韵律的享受中，微言大义、精妙内涵也就自然获得了。你看最早从中国诗的始源说起，《诗经》的诗，虽然相隔了至少两千多年，但是基本的发音和韵律大体上都很有规矩，虽说有古语声调和现在语言的些许不同，但是用我们现在的普通话来诵读，基本还都能押上韵。你会发现《诗经》的诗都是很适合诵读的，很优美！因为那时候的诗就是歌，最初称《诗》，被汉代儒者奉为经典，乃称《诗经》，她开创了我国古代诗歌创作的现实主义的优秀传统。《诗经》里的内容，就其原来性质而言，就是歌曲的歌词。《墨子·公孟》说："颂诗三百，弦诗三百，歌诗三百，舞诗三百。"意谓《诗》三百余篇，均可诵咏、用乐器演奏、歌唱、伴舞。《史记·孔子世家》又说："三百五篇，孔子皆弦歌之，以求合韶、武、雅、颂之音。"这些说法虽或尚可探究，但《诗经》在古代与音乐和舞蹈关系密切，是无疑的。你看，"蒹葭苍苍，白露为霜。所谓伊人，在水一方"，语调优美之至！"关关雎鸠，在河之洲。窈窕淑女，君子好逑。""投我以木桃，报之以琼瑶。匪报也，永以为好也！""青青子衿，悠悠我心。纵我不往，子宁不嗣音？"都有很美好的韵律情致！

作诗既然得押韵，对文字的选择使用要求就比较高。所以，古人在作诗词时，为了音韵的合辙，还专门制作了韵字库，在《红楼梦》里很多写诗谈诗的场景里，常能看到韵律字词库的影子，如"十五删"的韵格，就是把"shan"这个音韵下的多音字全归拢在一起以供作诗时挑选的方便。

故而，诗虽然短，但在创作的难度上和所获的美誉度上，其文学地位始终很高，因为不但要有情绪、思想、事实等的记录，在表达时还需要寻到适合音韵的字词，于是才有了贾岛"月下推敲"的艰难，今人多记得那两句"鸟宿池边树，僧敲月下门"，殊不知，弄完这两句，贾先生已是"两句三年得，一吟双泪流"了，而且还不一定能合词法挑剔的眼光，遂又作"知音如不赏，归卧故山丘"，多么的惨凉！可见作诗的艰辛不是一般的智力劳动所能比拟的。挑选一个既能有合于情感的抒发表达，同时还必须符合韵辙的要求，实在不是容易得来的事情。常有古代作诗人觅得一两佳句，而喜极欲狂的情态。

其次，除了用词的韵脚讲究，作为能诵的诗，一定也得符合诵读的篇幅要求。就像一首歌一样，你不能就一句歌词或者几个字，那怎么谱曲，唱不成的！所以以前的诗都讲究"叠"，《诗经》的很多诗都有好几叠，分几叠就是为了好唱诵。叠——可解释为乐曲的重复演奏，比如我们熟悉的《阳关三叠》，又名《阳关曲》《渭城曲》，是根据唐代诗人王维的七言绝句《送元二使安西》谱写的一首著名的艺术歌曲，目前所见的是一首汉族古琴歌曲。原来的《渭城曲》就只有四句："渭城朝雨浥轻尘，客舍青青柳色新。劝君更尽一杯酒，西出阳关无故人！"为了能演唱成三叠后来又加了一些词：

渭城朝雨浥轻尘，客舍青青柳色新。劝君更尽一杯酒，西出阳关无故人！霜夜与霜晨。遄行，遄行，长途越渡关津，惆怅役此身。历苦辛,历苦辛,历历苦辛,宜自珍,宜自珍。

渭城朝雨浥轻尘,客舍青青柳色新。劝君更尽一杯酒,西出阳关无故人!依依顾恋不忍离,泪滴沾巾,无复相辅仁。感怀,感怀,思君十二时辰。商参各一垠,谁相因,谁相因,谁可相因,日驰神,日驰神。

渭城朝雨浥轻尘,客舍青青柳色新。劝君更尽一杯酒,西出阳关无故人!芳草遍如茵。旨酒,旨酒,未饮心已先醇。载驰骃,载驰骃,何日言旋轩辚,能酌几多巡!

千巡有尽,寸衷难泯,无穷伤感。楚天湘水隔远滨,期早托鸿鳞。尺素申,尺素申,尺素频申,如相亲,如相亲。噫!从今一别,两地相思入梦频,闻雁来宾。

由此可见,诗词的句子不能太少,不说成三叠吧,最起码得有二叠,就像现在的流行歌曲,一般也得有两段才能有个可重复的段落而唱起来。

有一首诗,题目叫"网络",内容更短,就1个字——"乱"!意思上倒是很凝练,可谓言简意赅,但是这还能叫诗吗?这是在下定义或是概念注解,不能成诵的!我认为最起码不叫中国诗。不过,在所有的类似诗作中,我只认一个例外,就是诗人顾城的《一代人》,只有那两句极其著名的"黑夜给了我黑色的眼睛/我却用它寻找光明",因为是有产生在特定年代环境的激励意义,所以不能妄谈它的可否,姑且算个特例吧。而且以后除了这两句之外,这样的描述方式创作的其他作品也没能再度为大众所知,不能被诵读来进行声音演绎,其流传性就会受到很大限制。因此,诗,要能诵,也就不能太短。

看一首××体的诗:

事实胜于雄辩

一辆车和另一辆车追尾

不是一条公狗在嗅一条母狗
反过来也不是

  也许这样的作品有它独特的意味和含义在里面，但是，有的本是一句话，有的似乎是两句三句话，只是无来由地分了分行，毫无韵律，很难形成琅琅的诵读，与中国诗的千年传承偏离了太多，总之，我是不敢欣赏这样的东西。

  同时，另一方面，诗也不能太长，如果再不押韵，那就干脆写成文章好了。大体上来讲，按诵读的语速节奏，在 3 到 4 分钟之间的最好，4 到 6 分钟也不错，再长点的也行，像《长恨歌》《琵琶行》《西去列车的窗口》等等，但听觉的感受和审美的接受度就会有一些不耐烦了。但是就是不能太短，一句话、一个字，绝对不能叫诗。

  当然，无论长短，关键是必须有顺畅的韵律，押韵是难了一点儿，也可能有人说，合乎韵律的字就那些，汉字毕竟有定数嘛。你这样一来，非要押韵这么苛刻的话，不是在字的意思表现上就受限制了吗？但是我要说，这就是我们中国诗的独特法律，不难就不叫作诗啦！另外，要充分相信我们祖先的智慧，他们在造字和形成这些字的读音的时候，我总觉得冥冥中似乎已经考虑到了这个问题，只要你的文化积累够、储备的词汇足够丰富，肯定能找到你想用的字词。同时，这也像一次破译文字音韵密码的过程，本身就充满了探寻推究的乐趣，你像贾岛，在那儿推敲来推敲去的，他痛苦吗？他不痛苦！这是乐趣，自在其中！我在创作时有时也会遇到很难择取合乎音韵的文字，但经过奔逸回荡的思维处理和心中回转的灵感顿来，最终是能够实现诗篇的完成的。

  另外在这个部分还要说一下，既然谈到能诵，就必然要说一下诗的声音呈现方式，现在通行的说法都叫朗诵，"诗朗诵、配乐诗朗诵"等等。"朗诵"这个概念也是从西方传入中国的一个概念，距今不过百年的历史，同样是跟随白话文的革命而进入人们的视野。朗诵的定义是：把文字作品转化为有声语言的创作活动,就是用清晰、响亮的声音,结合各种语言手段来完善地表达作品思想感情的一种语言艺术。像话剧、相声、快板一样,朗诵注重的是以语言艺术魅力感染听众,多以舞台演出的形式配以音乐、形体动作、表情等元素出现,所以朗诵通常是具有表演性质的,大多由"专业朗诵者"来完成对诗的朗诵演绎,但有时由于它的这种表演属性的特点,和朗诵者的"激情"处理,不免使得对诗的内容表现显得过于夸张或是浮夸、做作,给诗加上了很多附加的感情成分,影响了诗本身的意境;也有另一种走极端的,压低嗓子、故弄玄虚,或纯属秀声音,或玩深沉,情绪颓废、毫无表现力,大多的是作者自己朗诵自己的作品,还谓之有原创精神。说到底,这两种对诗的声音处理,都是由这个朗诵的形式而起,处理好了,专业的朗诵者能使得诗的文字锦上添花、自己诵读者更能把握诗的内涵。但现实中,二者的表现往往是有的"过犹不及"、有的令人失望。

实际上,在我国古代有"吟诵"的形式,就是对古汉语诗文的传统诵读方式。这里的"诵",其实是一种带有乐感的"唱",而不是我们今天理解的"朗诵"。中国古代的"诵",根据《新华字典》的解释,是指"用有高低抑扬的腔调念"。即使如今已经很难看到吟诵古诗文的画面,我们还是能够接触到僧人诵经的场面,像这种具有明显音乐感的语言表达形式,就是典型的"诵"。"诵"的乐感腔调越足,"唱"的感觉就越强。中国古代的传统是诗乐一家,人人都会用自己的音乐抒发自己的感情,所以几乎所有的诗文都是入乐的。在吟诵中,包含了很多文字本身所没有的意义,吟诵者根据自己的理解,始终控制着声音的高低、强弱、疾徐、曲直,有节奏地诵读诗文,把作品的感情表达出来。汉语的古诗词文赋,大部分是使用"吟诵"的方式创作的,所以也只有通过"吟诵"的方式,才能深刻体会其精神内涵和审美韵味。

只可惜,我们的文字长时间是处于静态固化的传播状态,写在龟甲兽骨上、竹简上、纸上来进行传承。所以,诗,在2000多年前是这几个字、这样的样态,今天你就是在电子屏幕上呈现,也还是这样。但是,因为以前没有录音录像设备，所以"吟诵"到底是一个什么样子，却无从一窥真颜了。现在也有的人文研究者试图恢复这种古老的"吟诵"方法，用这种区别于朗诵的方式来演绎诗的声音表现，也叫"吟诵"，但是，是不是就是古代当时人们写完了诗之后那样的"吟诵"？因为没有记录、没法比较，所以也不好说是不是就是古人那样的处理，我偶尔也听过一两次这种现代的"吟诵"，比起朗诵来，确乎总是要质朴一些，也更符合诗本身的文字表达。

但我自己不会"吟诵"，倒是接触过一些朗诵，也时而做一些朗诵的事情，朗诵自己的诗或是经典的名篇，在具体的声音处理上，也尽量坚持不采用那种极度高昂的情绪抒发方式来演绎诗。慢慢地，在"朗诵"与"吟诵"之间，觉得用"诵读"这个概念似乎更适合现代对诗的声音演绎，它既有诵的成分，以诵为主，讲究音韵和语调的优美，但更重要的是用诵这样的表现来实现读——诵读，表现起来很朴素。所以大家听我的公众号"我诗写我心"里诗的诵读，可能会感觉跟那种习惯的朗诵不一样，就是想做的质朴一些，尽量不偏离诗的原意，又能把诗的神韵给读出来。

辑二

慧悟

我知道你一定来过

你瞒不了我
你一定是来看过我
虽然我不知道你的光华何处
但我能感受得到
你的眼神就在我的身体
给我温暖的抚摸

你一定提醒过我
即使我在迷乱中忽略了你
有些放纵的欲念在升腾的时刻
会有电光石火的一点心动
是你让我在临界点罢手的命令
有时我会听你的
有时过后也会有失落
都是你不想让我再犯同样的错

你一定在护佑着我
我笃定地坚信
你不会放手不管听任我就这样坠落
你总是会在我失意过后很久才出现
给我打开另一扇门捧出早就酿好的烈酒
我举杯邀不到你
但空中有颗星在对我闪烁

我知道你一定来过

当茶杯盖子无端地滑落
碎裂在地面的声音
是你用重力的方式在和我对话
我会意地哑然失笑
我知道那是我默许你的关怀
只有我们相互懂得

你一定是在骄阳烈日下飞来的
白昼的刺眼
是你把自己藏在热闹繁华里最好的掩盖
你给我肌肉的力量
晃动我的血流脉搏
体现你刚强无比的性格

你一定是在朗月清辉里潜入的
夜晚安静的心情里
我总有和你隔空对话的错觉
你把灵感注入我的思想
用我写出的灵秀文字
表达你的悠悠诉说

你也许就是那个我
我知道的
不用太具体地把你形容
我知道你一定经过了所有的我

偷看自己的影子

尴尬人尴尬事哭笑不得

不能言不能说

清流、暖流

在梦里涉过一条溪流
不是昂首挺胸　而是小心地低着头
低着头　甚至还带着些谨慎的妩媚
不知是怎么了　完全不是真实的我有

在梦里都看不到色彩
只有眼前的一团白光和无边的黑暗
黑暗裹着身体　在飘荡梦游
冲开一团熟悉的环状
环绕着别样的忧愁　有水在流

触摸不到水的温度　也不冰手
只有周围的水是看得见的
清澈透明得很　湍急地在奔流
岸边的草色很浅
记得小时候　总在这儿逗留

手　实在放在了心上
隔了层薄被
心在跳　温热的血在流
是清流　是暖流

或有雪

许久没有见过天空的白
蓝色倒是干净　但不常有
往往灰色的居多　在雾霾
今天开始刮起了大风
春天从来就不太温暖
预报说　或有雪

许久没有想过人间的空
密集却是喧嚣人之常情
一般冷漠的惯常　在陌生
此时启动了直击灵魂
相处原本就是残酷的
命理言　将有雪

太久没有理会心中的情
愉悦都是忙着在做事情
正常平淡的悠然　在独处
何时不再有认真思索
格调早就归为小资
风过耳　行色匆

从来也不相信梦的真实
虚幻醒来就忘　儿时就懂
所谓色相与存住　在智者
某些研究显示的因果

我行我素何来的预警
我去也　丽人行

辑二·慧悟

最真的美好

很多次我都快要把握不住自己
也会有一点儿冲动
想要用些计谋来讨你的欢喜
可在付诸行动的那一刻
我还是守住了朴拙的底线
在太阳下展开最真的躯体
把无所掩饰的美好　给你

这是一个古老的秘密
万般的玲珑　妖娆的卖弄
敌不过最纯粹的心意
可以把手伸进雨里　试试本真的感动
在桑树的叶子上　啜饮甘露的甜蜜
单纯是清凉的　热情也有泪滴

真理很多的时候它也并不快乐
总是要埋没许久才会被重新提起
而不管矫饰的妄言能张狂多久
耀眼的光芒只要一露出地面
依然是艳艳风华　真实的美　让人战栗不已

鹤鸣的田野　深渊里的鱼
有些希冀　有些沉迷
一切的浮浮沉沉都将慢慢过去
引人入胜的都是包装好了的故事

每一个没有答案的才是最真实的结局
也只有用最简单的法则
度量这天　这地　这无比完美的风摆柳絮

春情

蛰伏了一冬的情
当着立春要发出声音

被挡了一冬的雨
和着春风要飘入家门

叫春　其实春的暖还没到
过早的欣喜
会被仍还凛冽的寒风打掉

迎春　春的影子刚在江南招摇
迟到的和煦
要等到杨柳漫天透绿的报到

心中的冲动
已等不及地要在阳光下奔跑

冰封得太久
只怕忘记了轻衣薄衫的飘飘

这可是你给我的信号？
说出来会不会太早

夏日秋风

夏日里突然刮起了秋风
一片透明天净空
蔚蓝了天衬底
吹散了尘霾封
刚绿的嫩叶纷乱落飘零细碎弄花影

夏日里突然刮起了秋风
一阵清凉好心情
不惧骄阳红似火
且喜云影如画屏
树摇风旌旗猎猎好出征

夏日里突然刮起了秋风
牵起心事浮想苍穹
好风借力消息送
有多少冬季的期待已上了归程

简单的夏天

有多少年了
再没有那些简单的夏天
简单到所有的音符
似乎只有树叶上的鸣蝉

殷红的石榴花上的露珠
抵抗着晨起的暑意
和露珠中映出的
你红晕的脸

那些简单的夏天
热也是炽烈如火焰
爱情的表白真实而大胆
亦如午后的疾风暴雨
透亮果敢说完了就完
没有阴郁连绵的纠缠

那些简单的夏天
沉默的主题是耀眼的晴天
阳光灿烂一切想法都近在眼前

所有的行动在清澈中发生
很容易就能把愿望实现
成功的味道像是枯草烧着的熏烟

总也有阴凉的地方可去
闲适捧着茶碗
心情像花丛一样的鲜艳

热风冷风都不在封闭的空间
缱绻慵懒最是情浓时的羞赧

你不出声我也能听见
那些个简单的夏天

辑二·慧悟

夏天的雨不会下得太仔细

夏天的雨不会下得太仔细
说来就来　说去就去
在酝酿时夸张的闷热
刺激着你的烦躁无比
可它只是为了稍后的酣畅淋漓
没有替你清凉身心的兴趣

淹了桥　漫了堤
全不管哪处是道路　哪处是民居
只是把蒸腾的水汽一并还给你
大人小孩没有带伞
统统被浇成落汤鸡
更过分的　还叫上雷声一起吓唬你
闪电的威力还真的不能太大意

夏天的雨不会下得太仔细
粗放不羁　透着混不吝的随意
不像春天的毛毛雨
每个毛孔都被照顾了暖意
那么细心地滋润呵护你
也不像秋天的连阴雨
阴郁凝重　浸湿了不动的空气

你无处闪躲　逃不出它的绵密
更不像南方冬天的冻雨

冷着张毫无情趣的脸
肃杀了一切绿盈盈的生机

夏天的雨不会下得太仔细
借着这劈头盖脸的快意
有些心思情态　万事物语
也需要这般一股脑地倾泻出去

鸟鸣花开

不要说花开的艳俗
没有花的鲜艳
如何把平庸的灰暗祛除
不要说鸟儿叫的吵闹
没有鸟鸣的清脆
如何把幸福的喜悦散布

花开富贵　鸟语花香
是大自然对世界最好的祝福
不能因为一定要标新立异的另处
就忽略掉了这些人类美好的最初

在迷茫失去方向的海面上
一盏明灯的光亮
是照亮希望　穿透迷雾
在寒冷难以入眠的冬夜
一堆篝火的火焰
是温暖冰凉　洋溢幻想

装点我们所处的这些具体实在的感触
是用美好镶成的明丽灿烂的全部
不能拒绝因为连片光鲜难以适从地重复
而恐惧般的把渴望的感官锁住

沐浴夏天的阳光不怕酷热连带的刺眼

激荡春天的细雨不怕乍暖还寒的麻酥
醉卧秋天的朗月欢喜飒飒凉爽的微醺
迎面冬天的冰雪陶醉寒风扑打的刺骨

真实的日月轮回星河夜夙
流动着稳稳的快乐　快乐密布
把花香充满每个街巷的深处
让鸟儿飞翔在云端的高度

只需要静静地呼吸聆听
感受这姣好赐予我们的心灵甘露

如今的秋天已没有虫

如今的秋天已没有虫
也没有安静的夜晚能听到秋虫呢哝
瑟瑟窗外是不停歇的车水马龙
常年一样的躁动掩盖了天籁回声

落叶的感伤亦不再被提及
四季在城市的深处已不再分明
只在被炸雷惊醒偶尔会自问一下心灵
看街上的灯依然亮着
就继续睡着睡着再眍着眼等到黎明

是春天缺少了温暖的风
或是夏雨埋葬了生命的蠕动
还是在冬天的寂寞里被寒冷冰冻
也都不再重要　也都不被探究弄清
内心的真实无须呈现
人际匆匆　只准备好一张混世的表情就够用

某一天在阳台的一角
绿叶上竟还有露珠晶莹
拨动花草的蔽荫处
是一声叹息的心动

难挨黄昏

最难将息的时刻是在黄昏
由明亮转入黑暗之前的
无来由的无助与揪心
多少离情别绪偏都在此时袭上心头
是好是坏的结果在此时都不会有明确的切分

不能消受的半盏残酒不能在黄昏饮尽
不能提前进入一忘江湖的醉意熏熏
恐午夜惊醒的灵魂拷问吓坏更加不安的心
不知是走是留的犹豫选择
往往在此刻分外恼人
坐立不安　当不得天涯孤客思念情真

难挨黄昏　黄昏难挨
白与黑的翻转之间的阴阳混沌
愁事入心　更添愁肠难解
思虑细细　弄乱了一地的单纯
待月光起夜风吹　才能有稍许的心定
快入黑暗　黑暗尽头会有明快的早晨

病房·牢狱

病房　是生理的牢狱
同样把肉体囚禁
同样是被约束着　不能随便出去
只在于　入病房　是为了治愈身体的伤痛
而自投罗网　甘愿被限制

冷色的房间　很像号子的颜色
没有电网　看守　持枪的哨位
但也有门禁　有固定的时间探视
医护有时像狱警　不时地来回巡视
只是　送来的是关心　不是训斥

检查问诊　像是被提审过堂　都是要摸清病因或案由
治疗　很多的情状也像是在受刑
针刺　动刀　电击　捶打　下药
不过却是主动地申请
目的　是身体的痊愈
却也如同　为了早日被释放出狱

病号服　如同囚服
白色的统一
穿上后　面色就挂上病容的扮相
也有几分服刑犯人的脸色
但仔细看去　还是能区分
是神情上显示的不同心理

积极治疗与消极度日

病友也如同狱友
都会像互相研判案情一样　交流诊断病情
得出的结论　八九不离十
久病成医　老贼成精
结下的全是生死交情

住进的时间或长或短　犹如刑期
能够被治愈的　是有期
慢性的　需要终身住院的　是无期
医治无效和死刑　是一样的结局　都是生命的黑色幽默
无论是被暴力剥夺还是被疾病夺走
都是大限归去
都　不愿面对　避之不及

对于犯人　牢狱透射着恐惧
进入牢狱　是惩戒身心的开始
忍受着禁闭　问心灵魂

对于病人　病房是安全之地
住进病房　健康有了安心归所
渴望着康复　怀着希冀

造物的神情

时光过了正午
你一番奔波后坐在窗台下
阳光偏斜　略有微风
你开始感觉到正在进行的人生

这一瞬间
理解了灵魂出窍的意境
有些重叠的记忆
偶尔会跳出来
创造出很多似曾相识的奇幻情景

一种未了的心事
被如此清晰地听到
像说给自己的无痕清梦
踩着不太连贯的语句
期待在固定的节奏里重逢

不用刻意地隐瞒
无尽的思念　无边的寂寞　无比的豪情
都舒展开来
在光线稀疏的夹缝
每一个带着朦胧的小孔

抓住了内心最脆弱的部分
再慢慢地把它放松

这种至为美妙的无意识
抚摸揉捏到细碎
整理出可以告诉全世界的天地感动

泪水已经布满了脸颊
必须在这个时候酣畅淋漓地哭出声
终于等到了和命运一起进退
实在也没有理由拒绝
这生命的悸动

把过往的负累摆脱在地上吧
扔掉莫名的恐惧　哪怕做个虚拟的英雄
把那年的错误埋葬在风里吧
解除无端的纠缠　就算来一次忙里偷闲的发疯

你和你的神
重合成了一体
造物最初的样子
就是这样了　显露无遗

星河错落

空间那么小
地球的每个角落都被踏遍碾碎
而时间还剩那么多
急着奔波了很久
却发现　完全没有必要太快地滑过
每一个点位都有停驻观瞻的理由

世界那么短
速度的释放把距离无限地延伸着
而人生还有那么长
即使缓慢地漂移
也足够打开再关闭好心灵的枷锁
有时　静止也是等待激发态的呈现

睡眠那么慢
均匀的呼吸其实是一个骗局
只有翻滚不安的心　提醒你往事过往的蹉跎
可恋爱竟那么快
猝然的一万年的约会在入睡前消落
不妨就睁开眼　醒着数数星星索

思绪那么乱
剪不断　理还乱　离愁多多
不过心仍然保留了纯粹
这一滴甘露会把岁月的冰击破

融化了的红色点燃整个人生的错过
你的心河　我的天河

辑二·慧悟

老树叶

不管在怎样的时空穿行
灵魂的长度都是一定
太多的能为施展会挤压灵性
作秀的修行也会失去空蒙

时间的切割没有理性
总在最不情愿时把你叫醒
没有退步的单一进程
把三界的尘俗严格划定

饮一杯新茶清清喉咙
呷一口老酒点燃冲动
听到九层高塔上还有守望的钟声
那是在对你慵懒疲惫的身躯所做的提醒

盲目的出击不能只是一阵风
精心的布局也许成了尴尬的陷阱
谁都会在江湖险道上马失前蹄
谁都有可能被迫提前把大幕合拢

你也不是英雄
有记载的历史都是利益戳出的窟窿
发黄的老树叶背面
也许趴伏的蝼蚁
才是真的目睹了你临风狂傲的至爱亲朋

呆迷儿

即使所有的迹象
都在明白地提醒
未来已经把我抛弃
我仍然要坚定地活在现在
不去做试图修改过去的努力

婴儿蹒跚学步
含着手指咿呀学语
都是本能的生长
催促着走过一路风雨
不管前方的风大雨急
我也只是这一披任满平生的蓑衣

虽然简单到没有意义
破解了我能理解的一切关系
可又有多少趣味游戏
不过是最大程度的顶天立地
没有了我　没有了你
前进与后退都无须太多迟疑

没有巨大的差异抗得过空白
必须忘记别人替你定下的命题
圣人的殁去是无奈的解嘲
呆迷的世界诉说着历史的未必
下一站做主的也许就会轮到自己

理商

意识必须是一种物质
因为它存在　你也能感知
没有飘忽不定
它精确装满你的身体

情商必须是一种交换
因为有呼应　才有了圆通
无须刻意去追寻
有灵性的人必有这份福祉

孤傲必须是一份实力
受命的天之龙凤　舞动呼啸奇迹
拒绝是不明智的
即使激起了万千的妒忌

理商是我给时下的最新定义
它捆绑于你不能摆脱的过去
还要延伸到未来
直至生命的归息

是道的缘起
万物为它而痴迷
不畅通的理商
甚至都难以呼吸

每个人开悟后都能是救世主
但救世主不会把这个可能给你
在灵魂出窍时将你的天眼锁闭
遗留给你的密码是
爱你　为我服役

不能细想

不是下过秋雨了吗
为什么寒意还没有到来
几分暑气　依然在固执地硬抗着

不是吹过秋风了吗
为什么湿腻还没有消散
隐隐的燥热　兀自在肆虐着

不是号过脉了吗
为什么病情还是确定不了
无由的虚弱　依旧在悄然地侵蚀着

不是都说好了吗
为什么封箱还没有打开
空口的承诺　又一次戏弄了天真

不是确认过订单了吗
为什么该来的还没有送到
无边的等待　渐渐蔓延在房屋的角落

不是表白过爱意了吗
为什么还是如往常般的冷若冰霜
情欲的无奈　催生着暗暗生恨的不良情绪

不是都来商量过了吗

为什么笃定的预判没有丝毫兑现
苍茫的思虑　不知道该去信任哪一道旨意

据说是　还正在路上　小跑着
但这一辈子也许是看不到了
风在喊　等不得
也可能是被花妖绊了一跤
误打误撞　去了另一个维度了
没有形状和气息　伸手触及的是鬼魅
不能细想

熵

如果有可能
我愿意一辈子都活在恋爱中
让雌性的风
带着烘暖的味道
撩拨我骚动的兽性

如若有可能
我会坚持所有的器物都用手动
让操控的真实
带着触摸的麻酥
训练我日渐老去的心灵

假如还有可能
我还要重新筑起我少年的青涩
让害羞的笨拙
带着绝对的真诚
狠敲我已经百毒不侵的神经

当然
最想的可能
是一切就停留在未完成
离散的熵
成　住　坏　死
本来的心思就是拒绝聚拢

谁打了黄莺儿
谁要火烧连营
谁做了泥娃娃
谁在耍美人照镜
成不成?

辑二·慧悟

初心

当有初心时
请从初心始
初心定
万事都平凡

前行多歧路
浮云遮望眼
欲把美丽都实现
莫忘了　初心一瓣

人生最美初相遇
初情懵懂在初恋
初初的娇怯与羞涩
恰是一切境界大美的最难

情障心魔
或隐或现
婴儿般的晶莹笑颜
是映射在心海中的天使的脸

最单纯的一心托付
是最感动的天外天
最想到达的目标顶峰处
却原来就是在这最初的一片天

独立的心

天黑时　一定要举一盏灯
不只照亮自己　也为了不绊倒别人

天冷时　一定要添一件衣
不只温暖自己　也为了不麻烦亲人

下雨时　一定要打一把伞
不只遮挡自己　也为了不唐突路人

心痛时　一定要听一支曲
不只疗伤自己　更为了不牵累爱人

失意时　一定要爬一次山
不只激励自己　更为了不告诉友人

年老时　一定要筑一间屋
不只安放自己　更为了不打扰儿孙

无论何时　都要保持一颗独立的心
对自己负责　是对他人最大的尽责任
就像飞机上安全须知说的那句话
先照顾好自己　再帮助别人

如果习惯

如果习惯了太久的相望
就会冲淡对于相见时的渴念
相隔得越远　再见时越漠然
甚至还会有些复杂的陌生感

如果长期的信守成了平常
就会甘心承受劳役的苦难
煎熬得越久　忍耐得越自然
不会再去想超脱平凡的界限

如果划定了水波的边缘
就会忽略掉触手可及的彼岸
涟漪轻起　泡沫瞬间消散
一串波纹　一串水烟

如果记忆的弯曲总是在同一轨迹出现
星河辰月便不再有寒来暑暖
就会像遗忘掉的心愿
永远沉睡在太阳初升的地平线

真切的感触　必须马上就干
急迫的欲念　必须迅疾实现
即使囿于时机的欠缺
也要把尝试的冲动　冲一冲惰性的心关
不要使希望的生天　只成了存在于想象中的虚幻
人生相见不如不见　明珠垂泪风过花残

黑洞

我不怕被吸入能够吞噬一切的黑洞
在时空弯曲前已经把灵魂清空
不管残裂的躯体会碎成怎样的碎片
灵魂早已完成退回能量再度重组的过程

我也不想钻进星际穿越的虫洞
对过去或未来的经历都没有修补的冲动
无论残缺的人生已带来的多少伤痛
也都是亿兆粒子随机编排中的一次或然的路径

我倒是想待在一个山洞
一碗清水　一只矮脚凳
背对洞口　思考人生
也许我看见的只是洞壁上篝火喷出的鬼影
也是我自愿心灵独处　静夜听风

梦

梦见满地找鞋
梦见驾机升空
梦见火山爆裂
梦见海边吹风

每次的梦境都是和现实不同的场景
似这般的景象都有多种的解释　难论吉凶
即使每次入睡前都做了规划设计
而潜意识的主导总有自己的章程

固然不期望一枕梦黄粱　全然落空
当然也不想即使吉兆连连但是却布满血腥
所以还是希望梦见花开富贵喜相逢吧
还是希望能在梦中一路飞腾突然笑醒

演进

对事物的替代从来不要有太多的担忧
总是为了让更好的东西留存得更长久

对事态的变化从来也不要有太多的惧怕
总有一物降一物的办法

就算是电脑取代了人脑
人脑只会已经被改造得更好

就算是机器长出了人心
人心绝对已经向更高处演进

即使最后变成了不是人
也是脱身成仙遨游彩云

谁知道曾经是哪尊真神
造出的我们？

纠缠

走到一个街角

是去年夏天同样的场景

只是我在大洋西　你在大洋东

猝然的一下心的悸动

是忽然连上了么

就像两颗粒子

不管多远

总有我们独有的通道

纠缠着

你往左　我往右

像喊过口令

同时一个身形的转动

消融的月亮

月亮在我的身后消融
奚落着人类的浅薄
月亮在我眼前聚拢成形
在人类的凝视下从容

因为从来没有看到过身后的消融
所以不相信那是真的四大皆空
不能相信　失去了你的观察　世间万象就没有发生
因为你只看到了眼前的聚拢
所以也只能接受生活的沉重

于是可以理解
没有人真能做到　拿得起放得下的绝对轻松
因为谁也不敢真的赌一赌自己的命
万一放下了　任由它消融　会不会在别人的世界里依然聚拢
掉队的恐慌是最大的噩梦

只能就这样　患得患失　月有阴晴
只能就这样　喝着心灵鸡汤
一切都懂　又似乎一切都不懂

月明顾我心

这圆月　消受过多少人的吟诵
今夜的明　依然停驻在我的眼睛
渴读我心　才思已穷
不须玩味　月华从容
是我的惶恐搅动了不安
晚风乍起　在窗外　带入一帘幽梦

悄然的心情躲避
暗自咀嚼月英
惦记少了我的诗句装点
可还是独自凄冷
在夏夜温暖的夜空

一夜一夜的翻过
颠簸着对地面的关怀
却不是静默般的移动
连带无意间就跟随了的几粒小星

终于在蒙蒙亮时
有朝霞来顾你
解脱了我的不敬
以窗帘的一角
为你送行

高峰体验

一切美好的情缘来临时
都很相似
都是在时光的流动中
生生切割出的一刻静谧
不是惊喜到来时的心花怒放
而是不知所措般的不言不语

一切刺心的感动发生时
都很一致
都是在情怀的最高点
活活撕裂出的一块空地
不是站在迎风处的大声嘶吼
而是心被电击般的瞬间失忆

这一刻　在哲学上叫高峰体验
是人类心灵追求的至极
每个人的一生　都应该有至少一次这样的遭遇
眼不见人　忘了呼吸
泪往外涌　笑在心里

光的力量

不是为了照明
我也要点亮灯火
这光的温暖
给我力量
给我崇拜的幻想

我伏在光芒的黄晕边缘
啜吸着每一粒光子的打击
连续又有间断地
打在我鼻翼上方
散碎的压力之下
我开始一个热烈的畅想

像婴孩匍匐在丰饶的乳房
柔软的包围　无边的安定
挂着嘴角的奶香
稳定拍打的节奏
送我扑进没有思想的梦乡

我枕着光　放松着疲惫的胸膛
听不到心跳的感觉
只有无处不在的血流茫茫
绕动全身的毛孔
浇灌在呼吸进出的地方　血脉偾张

我把声音读进生命

这一瞬　千肠百转　似水流年
沉默了多少痴情的姑娘
我没有准备好
如何把我的过往安放
未来已经在光影里启航

朦胧中
我还能依稀保留着最初印象的光
在光环中
你曾经那般明媚地闪亮登场
我只是想
这时就作为光的终点恰恰就好
缩短了不堪回首的曲折跌宕

在不小心碰碎的光波中
我辨别出了那块儿锁定我前进的黑障
不能去拨动　也不能去清除
它是宇宙的中央
一切大梦开始的地方

距离

从今天起
我不想再崇拜太阳
我看到的
从来都是它八分钟之前的模样
即使给予了我最需要的温暖
但却把真实的动机深深隐藏

从今天起
而我还是会吟诵月亮
我看到的
一直是面对地球的这一面
阴晴圆缺　光华如银
但我不觉得它对我隐瞒了什么
背面是什么　我从来不去想
有上面的暗影　就够了
桂树下的玉兔　嫦娥和吴刚

人性很怪　就是这样
想对谁好　对谁漠然
理由和借口都很牵强
只要有了距离的间隔
就无论是怎样的交往
都会藏着一些自己的隐私
就不可能是理性的坦荡

在心情的役使下

相处的矛盾

真实与虚幻

忽而左右　忽而彷徨

辑二·慧悟

等份

如果条件允许
我会把一天的时间切成几个等份
一如划成三块的冷粥
不必考虑思维的温度
只是按计划去冰冷地执行
不用再纠结什么该是最重要的完成

如果心情合适
我会把一生的情感合并为一丝细线
就像传说中的亘古不变的爱恋
在每个顺序经历的阶段
写下情窦初开　天昏地暗　和生死赴约的一往情痴
不再煎熬犹豫那棵无花的果树上
是否有属于你的约定三生的灿烂

如果天地依然
我自然也不妨做一些有意义的盘算
把光波对准黑暗
在最悠远处发射一份等量的记忆
作为我　一个能量体觉悟之后的感叹

有也好　无也罢
有一个概念可以诠释我的心关
心关延年　此情绵绵
留一个影子　飘荡一个叶片
因为　我知道　那是你一直想要的不变

幸福随风来

如果在成长的路途中
或许要有一些妥协
才能继续生命的旅程
我宁愿相信
它是血液冲击下的自由冲动

如果在感情的期待中
注定要有一些努力
才能赢得爱意的心动
我宁愿相信
它是真情眩晕下的随机发生

如果在容身的空间里
必须要有一些调整
才能放置舒适的心情
我宁愿相信
它是睡梦中送来的宝贵馈赠

用过心机的获得
已经刻上了沉重
即使丰满累累
却没有洒脱的从容
只有翩然而至的幸福
才是最惬意的事情

我不会说

都在拼尽全力向前跑　不是前方有多好
而是人事在匆匆　不能错过嘴角的笑
不要再完美了　虽然努力了那么久

差一点即可　坏一点亦可
在最后的时刻　不必绷得太紧
可以拖延　可以挥霍
时间不会决定必然要来的结果

圆满的落幕　辉煌并着萧索
结束了一切　过程也就沉没
随之而来的也许是善后的琐细
也无非是再有一个新的来过

依然会重复　只是可能省去了摸索
穿林打叶的雨　下在哪里都是一样的多
淋不湿你　也会淋湿我
多情不会说　我也不会说

心念本生

我们做一切的事情
都逃不过要对抗情绪
状态是造化弄人的工具
心绪难平　纠缠不去
每次意外都在改写着逻辑
无人能完美演绎出可复制的规律

高质量的成功
往往不是最好的实力
只是因为那一刻屏住了呼吸
凑齐了能够一心一意
拴紧了心猿意马
也可把它归结为运气
聊可吹嘘　实则不值一提

闪失是走神之后的马失前蹄
没人能做到一直都集中精力
鬼使神差的结果
谁都要摊上几回
不要过多地苛责自己

迟疑不定是心还没有获得启示
也可能是游戏发动得过早
还没有成熟的攻略可拿来学习

此心间　乱草丛生　乱花迷眼
怎么动手都不太满意

忽视掉唾手可得的机会
也不必长恨　懊悔不已
不是你的机缘
它只是在递送途中
随意飘过你的耳际

惟心念一动却是最不该放弃
当下就是最好的予取
波平如镜时听到本生的催发
摘星掠云　脱手便可出击
最好的呈现已经在等待着你

心易变

说出诺言时都是真的
变了的只是人心
也不是人心易变
是有了新的欢颜在引诱
不能太希望痴心绝对
见异思迁也许是为了更好的基因分配

订立契约时也都是真的
变了的还是人心
也不是人心易变
是有了利益权衡的取舍
不能太希望道德完美
世态炎凉可能是在寻求更合适的机会

祈求人心不变海誓山盟
希望永远解决问题的都是天真
墨迹未干就翻脸
可能只是因为
没有能耐把优秀留住
没有种下甘愿为你厮守的青梅

如果你有幸遇到了
一份不变的承诺
只能是你在对方的心里
植入了没有密码的死扣

扣上了再也解不开
一生只为你风雨无悔
只有真爱
才能锁定一扇不变的心扉

欣然定轨

一直都觉得少了点什么
所以不停地在寻找
即使已经获得了很多被承认的所有
还是不能止住奔跑

一直都感到还缺了点什么
所以就不能放弃祈祷
虽然早已栽下了不少妖娆的花朵
依然不敢乐享陶陶

不是患得患失
也不是自寻烦恼
从来没有达到过理想的最好
于是就一直小心翼翼地不敢大笑

没有妄自菲薄
更不是庸人自扰
只是在刻成定轨的轮盘上风摆荷叶　前路迢迢
一抹红色的忧伤　把过往的失落挂在嘴角

风听到　雨看到
霜雪漫天时你勤勉的辛劳
心知道　梦里笑
日月星辰因为你的芳华而骄傲
我说　你真的很好　不用岁月的再造

玲珑的心

偶尔会想象着
把心放进一段远处的黄昏
恍惚间看着眼前的人来人往
抚摸着内心绝对真实的灵魂
清醒地感到所说的真谛在靠近

有时会在处理具体事务的中途
突然的愣神儿
不再关注得失成败的因果
只享受被裹挟在飘荡的人流中
朝着必然的情分温暖地前进

不出意外地遇见了很多人
是谁已经不再有多重要
而在于参与的是一个什么样的局
还能有多少未知的期待
能够满足一次华丽的转身

天边的飞雁火烧的云
映照着晶莹的路面雪白的裙
前尘往事在无限的堆积
一把一把的泪水都是玲珑的心

三段不论

身体并未全部对我们开放
再强大的大脑
都永远不会知道
一场肢体局部的细胞战争
是如何打响
疗伤　你其实根本帮不上啥忙
只是好吃好喝供着
等待它把自己的事情处理停当
梦迷蝴蝶　心托杜鹃

变化也从来都不是慢慢显露的
很多非常变故的发生
似乎都是在突然之间　一夜变了模样
墙倒山崩　喧哗到无声
新生　解体　创世代　悲喜的猝然……
瞬间给你很大的惊吓
没想到原来是他！
以至于都会被归作是奇迹或是突发
其实没有一件事情是突兀而至的
也许真的是由量变到质变　但不是渐变
你永远不会知道也掌握不了
迸发的那惊天一刻
是哪一根稻草的力量
需要多少的积累才能触发
玄之又玄　众妙之门

而可以确认的是

这个时代不再需要情怀了

带着情怀上路的效率实在太低

欲求欲取　都只顾直来直去

无须眉高眼低　有情怀的操作很碍事

但当有一天　再想起要重拾情怀时

它比你对它的拒绝

更为决绝地难以找回

子不语　怪力乱神

总有一天

总有一天　你不得不做些无用的事来浪费时间
总有一天　不再有必须要做的事值得你去干
总有一天　你面对着大把的空闲却难以安眠
总有一天　你会发现　你所期待的静下来　却难以在闲适中实现
因为　没有运动的平衡难以平淡

总有一天　你会明白　真理不止一种　关键是谁拥有最终的解释权
总有一天　你会释然　所有的隔阂都在于缺乏沟通的机缘
总有一天　你会挥霍曾经无比珍惜的积攒　因为谁也不能保有永远
总有一天　你会遣散所有的追随
早晚都不过一场或好或坏的离散
因为　爱恨纠缠　是在乎招来的云烟

总有一天　你会反复看着太阳落在西边
总有一天　你不用害怕黑暗中的孤单
总有一天　你解开了多年未了的残局
总有一天　你错过的笑脸依旧浮现

山水笑颜　清风拂面
你看到头顶之上是蓝天
蓝蓝的天空　蓝蓝的海
蓝蓝的心情　夜色也蓝蓝

辑二·慧悟

幸福的快乐

你说感到幸福

可不一定快乐

幸福也许包含了隐忍、妥协、服从、卑微的懦弱

一切都归结为不过是一种习惯

温水中的青蛙　短暂的舒适慵懒

它不会知道渐渐升温的危险

幸福在脸　可悲在心

路人甲和自己都视而不见

你说真的快乐

如果不是违心的表达

那就是真的快乐啊

谁能阻挡卑鄙的朝天发笑

无耻的张扬里是血肉模糊的脉搏

在物质触摸的刺激之后

也许是某种液体

还可以是固体

最极端的是固化之后的水滴

穿透了坚硬的岩石

携带超越光速的记忆

在云霄的极限

震颤着发烫的大地

你说不能否认快乐

就像道德不能不塑造一种幸福的理想

不能抹去快乐对内心平静真正的需要

不能在真理的阴影处
把快乐的偷欢　刻在虚伪的掩蔽所
它就是得过且过　给多少都不嫌多

你说还是要用快乐来装点一下幸福
在某些特定的时刻
用一些炸裂的冲击
强行把压抑的快乐
用一种符合温柔目光注视的方式释放
很难得　很难为　只好把嘴咧着

你说不再计较幸福与快乐的关系
在创世之初
有很多快乐随着幸福湮灭
多出的一亿分之一
已经足够137亿年的消磨
它沾满了被鄙视的脓血
躲在每个街角
而当每个幸福的灵魂走过
却难以抵挡那份罪恶的诱惑

幸福随风　快乐在我
暗夜星空　看不见的感动在滑过
用良心称量的人
都不是真实的自我

遥遥相望

只有时间能逼停忧伤
和所有遥远的苍凉
当一幕可以用岁月来重现的时光出现时
再多的感怀都能化解在最初的模样

如果一直能够把凝视持续
再冷的目光也会灼穿无情的海洋
当天边归帆在海平面浮出的一刻
沙滩上的脚印早已不再是昨夜的凄凉

只凭手指尖的配合就能感触到心跳
在天衣无缝的相处中把酒问过斜阳
跳跃着追赶四季变幻的景象
每一次的阴影里都有幸福的彷徨

但那绝对不是迷茫
清晰到一寸一寸的肌肤温存
透视着血流深处的秘密
静水流芳　不妖不狂　遥遥相望
如同教宗会佛祖
不是黎民见皇上

过程的轮回

有时我会毫无目的地划燃一根火柴
拿在手上目不转睛
盯着它一直烧到木头梗儿发红、发白再变灰、发黑
快烧到手指时
再轻轻地把它投入清风

有时也可能不划火柴
会躲进夏日水塘边的阴影
选好一百只扁平的石头片儿
一嗒一嗒地在水面上打出水花
目送着一片片石头最终沉入水中

也许有一次是在万仞高山就要崩塌时
却把目光投向了脚下一只移动的爬虫
用五种以上的力学公式
计算它爬过一片枯叶的路径
地动山摇只当了耳旁风

也可能有那么一刻
当最密切的关系人在跟我理论一件似乎有关生死的问题时
突然看到我的眼珠子变得不动
其实我也忘了当时在想什么
但可以确定的是
我有着清晰的记忆　看到了对方的前世今生

这些愣神的瞬间

往往是在思考或是决策一个结果

其实都是为了等待一个结束的过程

看着手掌心里的纹路

就不再在意地面的高低不平

焦点定准在哪里

哪里就是一套完整展开的人生

一个被看到的轮回

也是一个被忽略的过程

心里的天人三界

是血流无声的风景

是你不是你

你说有一些话
不想羞涩地提起
等到枫叶红了的时候
却又已忘记

我知道有一些事
不如简单地放手了去
不用看到听到什么
自然就是真理

都会有那么一种私藏的情绪
慢捻着琴弦　唏嘘着古曲
以为早已经都交付于干枯的四季
无须更多的絮语

都会有那么几种游离的状态
挣脱的心猿　狂奔的意马
把满心的预设欢喜都化作了云烟青泥
难言　一脸尴尬地放弃

凭直觉做选择　靠本能来救命
依缘分而定情　知天意了残生
抚摸着大趋势卷动的波涛
放心地在风浪最激处酣睡
研习过最温柔的抵抗

辑二·慧悟

洒脱地用最痛的表情说笑

戏台上一幕幕锦绣苍白的天上人间
都是一代代落花流水重复的结局
红的男　绿的女
杯酒之交却成了莫逆的知己

再近的距离总不比问心自己
而有些爱是会走入彼此的心里
是你不是你

做一个资质平庸的人

做一个资质平庸的人
等待太阳起风的时候
把黑子播洒
浑然不觉地躲在树荫下面
感受不到刺伤眼睛的酸麻

做一个迟钝愚鲁的人
等待月亮下雨的时候
把潮水拨弄
丝毫未知地躺在沙滩上面
看涨起的海浪冲刷在脚面之下
并不害怕会被卷入海底

偏你是个玲珑敏感的人
偷看了不该看的图画
独自要向天要一个答案
被得宠的妖媚把心摘去了
等不到新熟的麦子
沧浪浑浊的河水
在把肥沃的黄土冲刷　泥沙俱下

歌者的渔父和后庭的歌女
都是同样地扭捏着　拿腔拿调
十四座桥和二十四座桥的灯火
彻夜笙箫　欢娱在同样的喧哗
又一个精灵般的你将要飞临这烟幕繁华……

二十一

用喧哗的废话和夸张的大笑
真的就能对冲掉其实的尴尬吗
龙头的水在响和着固定的动静
路过的小屁孩儿都能猜到这里的状况
为什么不能就直接地客套一下也算呢

明明都不是真心的
却营造出了这么一个古怪氛围
骂骂咧咧显示内心惶恐
也没必要维护道德
说着名牌大牌以及故意去贬低某种行为
这就把心关闭了吗

一五、一十、二十一、二五六、七十一
数过稳定的心跳之后
发觉它并不支持太激烈的表达
可不说话的时候
还真不好拿范儿
就只让静默戳在这儿么

或是忘记了正常的相处
攻击与自嘲是主流
可能真的被太投入伤害过吧
于是　就只能硬硬地挺着了
谁先正经了　谁就软了

就能被欺负了吗　真的是吗

总是不觉得这是在等待什么
那是要玩啥呢
没有预示的迹象
可绝对又不是稳定的形态
大家都捣烂了　也没必要再重来的
该选择使用的家伙什儿　已经不剩几只了
窗口在收紧　西风残照

听到一些风声　在说明朗的事儿
趋近的日子里都无比自我的活灵活现
利益当前　顾不得许多了
有点不好意思　说灵魂出窍了倒也未必
既然最终也逃不脱的步调
不见真经　断不会轻易放弃装逼的

辑二·慧悟

一种叫"血性"的东西不可能再有了

今天确实没有霾　天空是真实的蓝
没有人愿意提起　昨天还是一团混沌
甚至在刚搅碎的垃圾旁　跳起欢快的舞
生活呈现着真实的幸福　加入狂欢吧
拍几张照片晒一晒
不要忧思过去发生的事情　而扫了大家的兴致

有些生命消失了　消失得真相不明
没有机会能够再去挖掘
又不是自己最亲近的人　不会影响当下安排好的事情
头掉了　碗大的疤　画面太血腥
摸摸脖颈上硬硬的还在　继续喝西北风

很多风华绝代的也早晚都在枯萎
被礼赞或一直被贬斥的已没有不同
拿出刀又怎样　拼的又不是血性
头顶的一片天　毕竟遮不住太多的阴凉
秋风在一阵阵地抽着风

终究不能太认真地论辩
道理越明朗伤的人越多　最后没人跟你玩
只要火还没烧到脚面　该穿的新裤子还是要穿
不惹是非是上策　放过西城　一路西行

我诗写我心之
能用能通

※

能用

能用,其实是想说要有社会和现实意义,有经世致用之功。诗,作为一种文化艺术形式,肯定是有它的功用的。从中国文化溯源来看,诗的最初功能是什么呢?作为参考,咱们还可以看看孔夫子在他那个年代对诗的功能的描述。孔子在《论语》中对诗的功能进行了高度概括:"诗可以兴,可以观,可以群,可以怨。"兴:抒发情志。观:观察(社会与自然)。群:结交朋友。怨:讽谏怨刺(不平之事)。给出了诗的四个基本功能,而延伸出来:"迩之事父,远之事君;多识于鸟兽草木之名。"孔子对诗的功能描述,他的主要出发点还是想把诗作为维持伦理秩序的工具。

写诗作词,不是为了写好把它封存起来,在中国语言文化空间里面,语言的美韵和华彩是有其使用价值的,除了直接表达情感,甚至都能有实际用处。

有一个故事说的是郑板桥吟诗退小偷:郑板桥辞官回家,一肩明月,两袖清风,惟携黄狗一条,兰花一盆。是夜,天冷,月黑,风大,雨密,板桥辗转不眠,适有小偷光顾。他想:如高声呼喊,万一小偷动手,自己无力对付,佯装熟睡,任他拿取,又不甘心。略一思考,翻身朝里,低声吟道:"细雨蒙蒙夜沉沉,梁上君子进我门。"此时,小偷已近床边,闻声暗惊,继又闻:"腹内诗书存千卷,床头金银无半文。"小偷心想:不偷也罢。转身出门,又听里面说:"出门休惊黄尾犬。"小偷想,既有恶犬,何不逾墙而出。正欲上墙,又闻:"越墙莫损兰花盆。"小偷一看,墙头果有兰花一盆,乃细心避开,足方着地,屋里又传出:"天寒不及披衣送，趁着月黑赶豪门。"你看，诗还有御盗的功效。类似的例子还有很多：

　　江西某知府欲砍掉一棵数百年的古树。有位路过行人得知，觉得甚是可惜，于是在树上题诗一首："遥知此去作栋材，无复清阴覆绿苔。只恐月明秋夜冷，误他千岁鹤归来。"知府读了后，为古树感伤、可惜，于是撤销了砍树的命令。

　　袁枚游杭州西湖，路遇一被窃少年，少年的一首《落花》诗"入官自诩连城价，失落偏多绝代人（绝代才子）"让他消除疑虑，并且慷慨解囊，解了少年燃眉之急。

　　诗还能退敌保寨。元末，朱元璋派俞良辅讨伐粤东县的溪头寨，诗人郭真顺出于民族大义，作诗一首，路呈给俞良辅："将军开国之武臣，早附凤翼攀龙鳞……"使得俞良辅率军离开溪头山，一触即发的大战化为玉帛。

　　当然，郑板桥吟诗退小偷等故事，只是戏谑地说诗的一些附加功用。诗文的最主要功能，还是显示作文者的文采风华。中华文明璀璨几千年，文人立世，身仗之物自然离不了作得一手好文章或好诗词，扬名立万、独领风骚。比如少年天才王勃作《滕王阁序》：上元二年（675年）秋，王勃前往交趾看望父亲，路过南昌时，正赶上都督阎伯屿新修滕王阁成，重阳日在滕王阁大宴宾客。王勃前往拜见，阎都督早闻他的名气，便请他也参加宴会。阎都督此次宴客，是为了向大家夸耀女婿孟学士的才学。让女婿事先准备好一篇序文，在席间当作即兴所作书写给大家看。宴会上，阎都督让人拿出纸笔，假意请诸人为这次盛会作序。大家知道他的用意，所以都推辞不写，而王勃以一个二十几岁的青年晚辈，竟不推辞，接过纸笔，当众挥笔而书。阎都督老大不高兴，拂衣而起，转入帐后，遣人去看王勃写些什么。听说王勃开首写道"豫章故郡，洪都新府"，都督便说：不过是老生常谈。又闻"星分翼轸，地接衡庐"，沉吟不语。等听到"落霞与孤鹜齐飞，秋水共长天一色"，都督不得不叹服道："此真天才，当垂不朽！"《唐才子传》则记道："勃欣然对客操觚，顷刻而就，文不加点，满座大惊。"虽说《滕王阁序》有长赋的性质，但其中的很多句子其实都能作为美丽的诗词而存在。

一代诗仙李白，其实一生都是靠写诗来应对生活百态，可以说，诗就是他的生存工具，白居易就曾以一首《赋得古原草送别》而居在了"居之不易"的长安。对文人来说，对中国文化人来说，诗，就是手中的美玉和利器。追求爱情靠写得一手好诗，谋得官职和社会地位，也是靠的一手好诗。王安石、欧阳修，这些人都是身居高位的国家重臣，诗甚至也是他们的重要理政工具。

诗，更是中国文化人激励自己的最好方式和最好的精神寄托，陈毅元帅的《梅岭三章》是在被敌人包围的情况下、也许此生就交待了那样一种险恶情形下所写。1936年冬天被围困在梅岭，陈毅虽然处在危难之际，但献身革命的决心和对革命必胜的信心却矢志不移。他的革命乐观主义精神，成为中华民族的宝贵精神财富，激励着一代又一代华夏后人为中华民族的伟大复兴艰苦创业，勇往直前，成为爱国主义教育和革命传统教育的生动教材。

一九三六年冬，梅山被困。余伤病伏丛莽间二十余日，虑不得脱，得诗三首留衣底。旋围解。

一
断头今日意如何？
创业艰难百战多。
此去泉台招旧部，
旌旗十万斩阎罗。

二

南国烽烟正十年,
此头须向国门悬。
后死诸君多努力,
捷报飞来当纸钱。

三

投身革命即为家,
血雨腥风应有涯。
取义成仁今日事,
人间遍种自由花。

最极端的例子,诗还能在危急关头拯救生命,不得不说到曹植的《七步诗》:

煮豆燃豆萁,
豆在釜中泣。
本是同根生,
相煎何太急?

此诗写来,让哥哥曹丕大为羞惭,不忍加害。

可见,诗可以吟小桥流水,抒壮志豪情;亦能化解兵血之灾,免除一时危难。它不仅给我们带来了美的感受,而且还蕴藏着不可估量的作用。

当然,诗最基本的功能还是"心怀美好,安抚浮躁",在灵魂层面上,诗是物质之外的心灵寄托。

如我自己所作的《启程》:

这些年　我一直拒绝绽放
一直强力保留在蓓蕾的形状
不是我不愿意　傲立枝头一吐芬芳
而是没有足以让我打开身躯的泪光

这些年　我一直没有太过于奔忙
一直静默地蜷缩龟息在暗房
不是我不愿意　鹰击长空尽情释放
而是没有值得让我舒展身心的臂膀

那些年　我也曾短暂遨游云端
那些年　我也曾为理想埋下心伤
偶尔　也会在一段情缘的折返点稍作停留
间或　也会有一程的冲动　笑破雪花中的悲凉

终于　要归拢所有的积淀开始上路了
一飞冲天的航线上只有云朵翻滚的苍茫
熟透的行囊里装满了不用换洗的衣裳
满耳的风过处　是成片连绵的骄阳

前方有的是方向
后方有的是坚强的厨房
左右手挽紧了兄弟
头顶的天空　脚下的大地
是我多年相濡以沫的新娘
似这般的豪情果敢　快与我共当

既然诗有"能用"的讲究,就不能失之虚妄和无厘头,所谓应"言之有物"。我们知道有句话叫"文以载道",写文字的目的不仅仅是玩味美文佳句,而应该是在阐发社会意义的前提下自然形成文字美感。一方面,不能"无病呻吟",摆弄一些没有任何实际意义的零碎文字,故弄一些闲愁离恨,沉陷于极度个人化的小情小调,一丁点儿的破事儿都写入诗句,只会贻笑大方;另一方面,更不能"有病呻吟",把颓废、消极的心态带入文字的排列组合中来,用不太正常的情绪去进行诗文创作,最后走入自我压抑封闭的死胡同。诗的基本功能还是要颂扬美好、弘扬积极的人生态度,在美文美韵间能够让人感受到生活的美好和人生的存在。诗,是为了唤起昂扬的人生态度和振作的人生状态,不能搞成靡靡之音和淫词艳曲。

二十世纪六七十年代即富诗名的诗人郭路生,笔名食指,他的这首《相信未来》中的诗句振奋了多少人积极上进的人生进取精神:

　　当蜘蛛网无情地查封了我的炉台
　　当灰烬的余烟叹息着贫困的悲哀
　　我依然固执地铺平失望的灰烬
　　用美丽的雪花写下:相信未来

　　当我的紫葡萄化为深秋的泪水
　　当我的鲜花依偎在别人的情怀
　　我依然固执地用凝露的枯藤
　　在凄凉的大地上写下:相信未来

　　我要用手指那涌向天边的排浪
　　我要用手掌那托住太阳的大海
　　摇曳着曙光那温暖漂亮的笔杆
　　用孩子的笔体写下:相信未来

我之所以坚定地相信未来
是我相信未来人们的眼睛
她有拨开历史风尘的睫毛
她有看透岁月篇章的瞳孔

不管人们对我们腐烂的皮肉
那些迷途的惆怅、失败的苦痛
是寄予感动的热泪、深切的同情
还是轻蔑的微笑、辛辣的嘲讽

我坚信人们对于我们的脊骨
那无数次的探索、迷途、失败和成功
一定会给予热情、客观、公正的评定
是的，我焦急地等待着他们的评定

朋友，坚定地相信未来吧
相信不屈不挠的努力
相信战胜死亡的年轻
相信未来、热爱生命

能通

能通，这个比能懂的要求要更高一些。首先指的是基本的语法逻辑上得能通，不能因为写诗，语句就能无限自由，不能不讲基本的字词逻辑，语句意思基本上得能通。

所以说，作诗并不是说，我就把一些无关联的语句罗列一下、拼凑一下，或是得了一两句好句子，再随便凑几句，不管语句的逻辑关系，不顾通行的价值标准，就要成诗。还有极端的，前文也提到过，据说，现在有些现代诗人，随意在键盘上敲下回车，看出来什么字就接着用，不管基本的逻辑。最起码，诗也是文学形式的一种吧，基本的文学规律还是得要遵循的，不能逻辑都讲不通。

最开始，尤其是年轻人写诗爱犯这个毛病，故作深沉，甚至故弄玄虚。我上大一的时候写过几句诗，也是自以为很沧桑："人生如梦，梦里犹醒。混沌半世，糊涂一生。大醉亦如梦，梦醉伴人生。跟跄世间路，颠倒慰平生。"看这些用词语句，哎呦，愁苦、忧愤得不行不行的！你才多大啊，十八九岁，怎么就知人生如梦？还混沌半世，你过了人生的一半了吗？哈哈，还要糊涂一生，凭什么啊？人生还没开始多少呢，怎么就会一直糊涂下去呢？所以，更多是自己臆想的，加上了一些浅薄的模仿，逻辑上实际是不通！再到后来四十多岁时写《初心》，也许未见艺术高度上有多高，但是逻辑思考和人情事理最起码是讲得通的，诗中描绘的情感体验和人生思悟也有了真实的经历。

能通，还指能通达顺变，不拘泥于题材体例和风格样式，虽然是现代诗的时代，但是我知道还是有不少的朋友喜爱古诗词并且也在创作古诗词。说到古诗词，大家一听可能都比较怵的是它的所谓"格律"，以至于现代很多人不敢尝试作古诗，包括我在内，一直觉得这个事很复杂，一听说谁谁能填词，能写格律诗，哎呦，就觉得牛得不得了！因为一想到什么平平仄仄平平仄、仄仄平平仄仄平，马上觉得头大！说实话，我到现在也弄不清到底哪些字是属于平、哪些字是属于仄，所以一直不敢写古诗格式的诗。查了查相关的依据，大体上也搞清了一些平仄的规定，像五言的平仄，只有四个类型，而这四个类型可以构成两联，即：

仄仄平平仄，
平平仄仄平。

平平平仄仄,
仄仄仄平平。

如五律的仄起式:

仄仄平平仄,平平仄仄平。平平平仄仄,仄仄仄平平。
仄仄平平仄,平平仄仄平。平平平仄仄,仄仄仄平平。

比如唐代杜甫的《春望》:

国破山河在,城春草木深。感时花溅泪,恨别鸟惊心。
烽火连三月,家书抵万金。白头搔更短,浑欲不胜簪。
七律的平仄也只有四个类型,这四个类型也可以构成两联,即:

平平仄仄平平仄,
仄仄平平仄仄平。
仄仄平平平仄仄,
平平仄仄仄平平。

虽然搞清楚了,也对照了一些例子,但还是不敢写,生怕被人笑话,你看你这个字平仄都不对!其实,后来经过进一步的揣摩和研究,又仔细分析了一下所谓的"格律"的要求,一下子如释重负,解脱了、轻松了!为什么呢?我跟大家说简单一点吧,发现其实古人作诗词,也没那么多讲究,确实有用字平仄方面的要求,但是,这里边细分起来很复杂,大家就记住我的简单化研究成果就行,一句话,不是所有的古诗词都是严格按平仄的规定来的,平仄的要求只是针对一部分的古诗词而言。大致来讲,我弄清了古体诗的写作是分为两部分——唐代以前,包括《诗经》在内,全是叫"古体诗",简单说不太讲平仄格律;唐以后,作诗成气候了,德行了、得瑟了,成了文人雅士们的高级玩意儿,要开始玩规矩了,所以就定出了平仄的"格律"关系。在当时,这样格律严格的诗叫"近体诗",也是我们提起来就感觉比较恐怖的"律诗",延续到后来的宋词,也在严格执行着格律的要求。

比如,像一些宋词的词牌,本身严格规定了每个字的平仄关系,你像苏轼就写了很多的《浣溪沙》,用字上就讲究平仄。拿南唐后主李煜的《浣溪沙·红日已高三丈透》做例:

> 平仄仄平平仄仄(韵)
> 红日已高三丈透,
> 平平仄仄平平仄(韵)
> 金炉次第添香兽。
> 平仄仄平平仄仄(韵)
> 红锦地衣随步皱。
>
> 平平仄仄平平仄(句)
> 佳人舞点金钗溜,
> 仄仄平平平仄仄(韵)
> 酒恶时拈花蕊嗅。
> 仄仄平平平仄仄(韵)
> 别殿遥闻箫鼓奏。

这个《浣溪沙》的用字规定在你写之前就跟那儿定好了,所以叫填词,你根据这个要求,找合适的你想要表达情怀的字来填。它规定这个是为了适合演唱,这就好像咱们现在的流行歌曲,比如《卷珠帘》全用这一个调,词可以不一样。但是要我说,这个规定实际上是不太有利于文字使用和思想表达的,因为平仄关系之下,你的用字必然会受限制。

除了词之外,律诗的平仄关系也很讲究,像七律也有严格的平仄要求。不过大家不要惧怕"格律",我不是说了吗?经过我的研究,这只是诗词写作的一部分,如果你能力超强或者你愿意因循规矩、严格复古,有强大的古汉语基础,那你就写这些平仄讲究的诗词。如果闹不清平仄的"格律"章法,还有一部分诗词,不叫"律",叫"古"或"绝句",也就是说,相对于严格的"五律、七律",还有不用太考虑平仄用字的"五绝、七绝",古人把这部分诗作称为"古"。这个发现是不是给了我们很宽松的古体诗创作空间呢?比如你写的七律平仄不对,那我就叫它七古不就完了,不用太苛求平仄关系。(相关背景:什么是古体诗?在唐朝人看来,从古代的《诗经》一直到南北朝的诗,都是古体诗。而近体诗则专指从唐代开始形成的格律诗体,包括律诗和绝句,是一种讲究平仄、对仗和押韵的诗体。其代表诗人有李白、杜甫、李商隐、陆游等。古体诗有一个共同的特点就是不受近体诗格律的束缚,所以可以说,凡不受近体诗格律束缚的,都是古体诗。近体诗是唐代及唐代以后的主要诗体,在中国诗歌史上有着重要地位。在近体诗中句数、字数、平仄、押韵都有严格的限制。近体诗以律诗为代表,律诗是一种格律诗,是一种在字数、韵脚、声调、对仗各方面都有许多讲究的诗。由于格律要求非常严格,所以称为律诗。常见的类型有五律,七律和排律三种。)

我一经研究发现这个重大秘密之后,豁然开朗了!一下子觉得古人有他讲究苛刻的一面,但是也有通达顺变的一面,并不是只要是古诗词都得严丝合缝儿地讲究格律平仄。于是就写了一些仿古体诗的作品。像我所作的《破五》,借用了李商隐的一句开头:

飒飒东风细雨来,
义山不在旧楼台。
隔窗探看清酒暖,

已是春色润夜开。
破五竹爆声连发,
走马转回犹在怀。
一时种下心愿果,
一刻今宵星露裁。

　　后面的就是按自己的创作意想自由构架的诗句,读起来也感觉并没有违和感吧。

　　其实我觉得,在诗词的发展上,格律化有一些禁锢的意味(唐代这样作古体和近体的区分,搞得唐代之后几乎没什么好诗出现,因为按格律平仄的要求,该用的字都用得差不多了,内容领域也就那几个狭窄的领域,所以其后的明清甚少好诗词),不太利于诗词的文化含量丰富和发展。光考虑字音的平仄了,必然造成对字义词义的忽略,把它的字词内在含义丢了,也就失去了诗词本身的精魂,所以说有点后来的八股文的味道。《红楼梦》里林黛玉教香菱作诗的章节也说过:"什么难事,也值得去学?不过是起、承、转、合,当中承、转是两副对子,平声的对仄声,虚的对实的,实的对虚的。若是果有了奇句,连平仄虚实不对都使得的。"香菱笑道:"怪道我常弄本旧诗,偷空儿看一两首,又有对的极工的,又有不对的。又听见说,'一三五不论,二四六分明。'看古人的诗上,亦有顺的,亦有二四六上错了的。所以天天疑惑。如今听你一说,原来这些规矩,竟是没事的,只要词句新奇为上。"黛玉道:"正是这个道理。词句究竟还是末事,第一是立意要紧。若意趣真了,连词句不用修饰自是好的,这叫做'不以词害意'。"不必太拘泥于字词的音律,只要意为先,破破规矩也行。

　　但是在这儿要声明一点,我认为,不必太讲究平仄可以,但是不能没有语句的韵律。一定意义上讲,有格律平仄规定的诗词读起来就是好听,因为它在字的曲调上保证了声音的悠扬变化,所以韵律的押韵是必须要坚持的。只是想说古人在作诗写词的时候也不是说就那么苛刻古板,也是可以有放开平仄的"古体诗"这些样式的。而要我说，这些古体诗就是当时的"现代诗"，只是它没用白话文罢了，李杜和小李杜，其实都是当时的现代诗创作大师。另外，古诗中还有不能重复用字的讲究，但是只要意境和意思高妙，其实重复一下也不是什么大事。你像这几首："去年今日此门中，人面桃花相映红。人面不知何处去，桃花依旧笑春风。""君问归期未有期，巴山夜雨涨秋池。何当共剪西窗烛，却话巴山夜雨时。""床前明月光，疑是地上霜。举头望明月，低头思故乡。"都有重复的字词出现，但关键是意思到位，并不觉得重复有什么落俗，所以诗意当先，其他的都可以通达顺便。

所以，古人也知道，要严格按格律那么苛刻的要求来写，那就别写诗了，太难了，所以他们自己也在找辙，找台阶下，除了用古体诗的说法来遮掩平仄的不足，还提出来"变体诗或拗体诗"的概念，几乎是给所有诗词的创作松了绑。像这首崔颢的《黄鹤楼》一诗："昔人已乘黄鹤去，此地空余黄鹤楼。黄鹤一去不复返，白云千载空悠悠。晴川历历汉阳树，芳草萋萋鹦鹉洲。日暮乡关何处是？烟波江上使人愁。"

前半首为古体格调，后半首才合律。律诗的这种变化被称为拗体。从字义上来说，"拗"就是不顺。"拗"是指声调的不合律，"拗句"是指声调不合律的五、七言诗句，"拗体"是排合关系不合律的律体诗篇。王力在其《诗词格律概要》中指出：杜甫、苏轼等诗人都写过拗体律诗。其实，这根本就是硬找辙，叫拗体诗，那就等于什么都不是呗，无规无矩啦。所以古人都不拘泥于格律规则，我们写诗更要放开思想，可以更自由一些，写古诗体的作品也不要怕，只要意境新、感情真，都可以去写，但是需要强调的是，不泥古，却不能不汲取中国历史文化的营养。

"我们放弃了格律陈陈相因的语法，陈旧的审美思维模式，但不应放弃古典诗中那种超越时空、万古常新的美的意象。"诗人洛夫如是说。

所以，大家在这样的指导思想之下，可以继承古体诗的形式，添进新鲜的时代内容。除了语言格式没有限制的自由现代诗，也不能使得中国古诗词的形式失传了，但不是我们今天再去写古诗填古词，比如有的地方搞活动，对某种艺术形式来征集填词，依我说这个就算了，这就叫泥古。现在社会，我们平时根本不怎么用古体的文字表达方式，而且唐宋已经达到了古诗词创作的最高峰，我们现在的语言体系已经发生了变化，我们需要创作"通、达"的中国现代诗，要复兴的是古诗词中那种美好的精神内核，发扬《诗经》的思无邪、汉赋的恢弘气势、建安风骨的深邃峭拔、盛唐的无限浪漫奔放和气度、宋词的精巧婉约以及元散曲的那种冷白又幽怨的感觉等等，在风格上做到很好地通达继承。

能懂、能诵、能用、能通！这四点，我姑且把它算作写诗的强制标准，能不能算一首诗，应该首先具备这几点。而诗写得好不好，仅有这几点还是不够的，诗是要有美感的一种艺术存在，所以还必须要有一些属于审美范畴的特点才能被称为一首好诗。

辑三

爱永

都能懂

想你的傍晚有点冷
刚下过雨的窗外吹着风
抚摸着胸口有些疼
那是你扯着我的心在动

梦你的深夜有点静
恍然如画的床头亮着灯
翻转的睡意有些轻
那是你吹气如兰在唤醒

等你的心情有点空
晨雾初起的街角吹着风
张开的眼睛有些肿
那是你的小手在弄朦胧

写你的文字有点硬
柔软如酥的细腻太矫情
深入骨髓的爱不用
直截了当的表达都能懂

雪淋雨

长成的原理不同
下落的速度不同
但毕竟是本质的一致
拥抱着　追逐着　互相欣赏
只在春风里起舞

这十年 我们弄丢了社会

这十年　我们弄丢了社会
只因为　我们的爱意太迷醉
只为了　终日牵手相依偎
只想着　时光到这儿就停飞
二人世界已经足够完美
就此合上心扉　也关闭了门扉
一切的一切都是恰正好
不想再多出任何的一个谁

只有你我相浓　所有的人际都视作负累
只要你我互看　枕边席上鸳鸯戏水
只在熟悉的日常打理熟悉的琐碎
只在绝缘的时空里目送目随
就这样　隐居在喧哗的社会中
人来人往　草长莺飞

十年的时光不觉已经过去
就这样　我们弄丢了社会

动 心

动心　不是简单的心动
心动　在一瞬间就会有无数次发生
佛曰　一念灭　一念生
刹那间　看红颜背影　怅然若失
亿万情衷化随风

动心　是在心动之后　还不能放下的真心触动
是要准备付诸了实施的　认了真的心理波动

心动　更多只是单方的迷恋
有时会冷于残酷　会失之狂癫　迷失本性

动心　是理智意识下生发的清醒
必也有对方情缘的因果
是爱的信息在等待触发的场景

动心　或许是开始于心动
心动的偶有　也是在偿还一次回眸的修缘
弥补一次隔世的激动
缘尽情消　了然随风　她知不知道　不一定

动心　却需要堆积起千万次轮回的恩怨离合　擦肩而过才
能结下的最真情种
应是无数心动男　惹了一次动心女
也是心动女怀春　惹了少年心事重

千里红线　惹出了一份美好的爱情

每一份动心后生成的爱情
同时养活在两颗心的跳动
随着心跳的每一次同步
爱情的物质　在悄然生成　无形却有情

我这就去等你

我已准备好了等你
就在要去等你
等你在小城之外
等你在一树烟雨
等你的目光看过来
等你的衣衫飘起

我这就去等你
在说好了的那些景象里
你背负着风
走在优雅的小堤
我知道　你有一个美丽的收获
我正一路想你

你确实记得
回来时第一个要说的
我也要说给你
离别的长时间的期许
不只是简单的惦记

我都望见墙上的花红了一片
艳艳春风里
我这就去等你

爱在其中

美好是一种物质

她由爱产生　存在于爱中

感受不到美好

是因为缺少了爱的心动

生命是一种态度

她听从召唤　顺应自然

没有态度的过活

是缘于莫名的心灰意冷

境界是自我告慰的心声

她或许偶尔急迫　更多是舒缓

触摸不到心细如发时的清泉甘洌

是还没有煮好岁月的浓酒蒸腾

思索不是为了让上帝发笑

她是在拨动一种节奏　带着柔风

停止心灵探索的叩问　不如把自己交给落叶

飘散　化灭　为了下一次的孕育新生

只是缺了一些魂灵

存在就是最大的幸福

能行走匆匆就不再无所适从

卷曲了时间的画轴

折叠了空间的虫洞

看到远处传来一阵撩人的背影
是你的爱　正在赶来　身处其中

诗意为你

我要用诗句来为你装点春天
让你的眼里都布满美丽诗篇
随手摘下一颗诗结的珠串
不去管窗外的水瘦山寒

我要用灵感来为你描绘喜欢
让你的人生洋溢着无限温暖
探身投下一瞬眼波的流转
才不管叶落悲鸣的秋蝉

我要用文采来为你编织梦幻
让你的心跳伴随着甜蜜入眠
轻轻踏入一段浪漫的奇缘
不理会过耳的风雪满天

我要用声音来为你定义语言
让你的内心充满着坚实的信念
虔诚步入一方心灵的圣殿
不再惧怕无端而来的黑暗

跟着我的诗意就这样前行款款
踏着我的韵律就这样直到永远

一秒偷心

时间　在这里多走了一秒[注]
心情　在此处多出了一份难得的感动
光速　在此刻第一次有可能被超越
时空　在这里画出了一个弯曲的彩虹

我就用这一秒钟的暂时停滞
在你的心尖刺下一秒钟的刺青
施展我偷天换日般的身手迅捷
在你的心思里留下属于我的一秒钟心动

我就用这一秒钟的突然空白
在你的脑海深处悄悄植入一秒钟的梦境
用我乾坤挪移般的手法轻灵
在你的回忆里驻存下属于我的一秒钟身影

感谢这一秒钟来之不易的珍贵
刺透进了你平时对我的密不透风
感谢这一秒钟叫停宇宙的神奇
撕裂开了你惯常对我的漠然不动

终于有一个机会我站到了时间背后
能让所有的心灵都在为我驻足倾听
终于有一个机会我控制了所有的时钟
能在你的世界里上演一秒钟我的痴情

虽然只给了我这一秒钟的苛刻表演
虽然只是短短的　短之又短的一秒钟

注：2015年7月1日闰1秒钟。

说走就走的我和你

你带上你　我也带上你
即刻就启程　这就一起远去
什么谁带钱不带钱的混蛋问题
只要有你我就已经足够
都是功成名就的年纪
自然有安排这一次出行的必需

难得的是心念一动之下的惺惺相惜
最珍贵的是心恋依依的真切情谊
排除开密集事物的堆积
推阻掉连续不断的饭局
把通讯的线路暂时关闭
把归航的时间交给未知

你敢吗　我在楼下等你
在旅行箱里随便只搁了一件泳衣
唱着你也喜欢的歌曲
写好了一路消磨的诗集

最后的两张机票已经订好
没来得及查好可预订的旅舍
我们就露宿于仙境星夜的天地
我会给你披上遮寒的外衣
给你念着我的诗歌　陶醉在甜蜜

辑三·爱永

灵魂穿越

我在云团里飞越

我在星际间穿行

我在回看过去的流逝

我在探问未来的匆匆

我在时间坐标轴的上下移动

我自由来往于每一回合的人类文明

可我不敢再回到有你的存在

因为我们相互的时空已经变形

你和我再没有了池边青草的静谧

我和你再没有了坐等日落的恬静

我们已不再共享同一个星空

自从那一刻我开始御风而行

浩渺太空　我们已写下了此生决绝的约定

我们不敢期待再次的见面会是在哪朝哪代

我们不敢想象再次的相拥还能否把对方认清

因为　相对论的假设只假设了时空的相对

并没有设定是谁留在地面　谁在空中飞行

所以　我不知道再次的遭遇

会发生怎样的错愕

谁看谁会变得更老

谁在谁的眼里会呈现出老态龙钟

是我还年轻　还是你依旧葱茏
更或者　我们根本就会被分隔成了永无再相逢
不知道我发出的信息
你会阅读在哪一片云层

同时　还有一个问题　也许他们都算错了
即使能够随意地来往于天地之间
即使时光的历史和将来能被任意地摆弄
即使我看你和你看我　能有一把平衡的魔镜　互相都能保持年轻

但只有一个肉身的我
也只有一段灵魂能伴我飞行
我一生的经历
也和你一生的经历等同
不管在前朝的烟雨里缠绵
还是在未来的晴空里问情
无论你我的时差有多大的裂缝
灵魂的长度都是一定

简单爱

都说　只想要一份简单的爱情
爱情哪有那么简单
情爱的事态　最是纷乱繁复

也都说　只想过一份简单的生活
生活哪有那么简单
生活就是人生的实际　包含着所有的变化

不能卖乖　不能装傻
越是简单的追求背后
越是下了苦功的无限复杂

不后悔我们谈了恋爱

在最该进取的那年冬季
你把可以预期的前程放弃
漠视了众多关系的苦口婆心
你说要谈恋爱了
就扔下惋惜　不顾而去

你说爱上了一个人
要和他过过小日子
有限的精力做不到一心两用
你要每一天都用力制造爱的惊喜
任大把的空闲沉淀在耳鬓厮磨
乐意地感受不觉空虚的凝视

在风云诡谲的江湖
你在经营着一方静谧的烟雨
放纵时光　浪费着飞速的失去
你却一直在赢取容颜永驻的美丽
娇艳如花　是把最好的身体为爱延续
心在湖底　水花拍打着跳动的坚实

如果得到了一切
却刻下了伤痕累累
疲惫的中年人
不会再有勇气重拾爱的争取

就在还有年轻时拒绝叹息
就在还能激情时让热火燃起

幸而有梦　幸而有爱　幸而有你
幸而存在　幸而感知　幸而自己
不后悔我们谈了恋爱
就在有着最该恋爱的体力
不后悔我们封闭了天地
爱的季节　错过了就不再甜蜜

心海歌吹

话一出口就已经后悔
伤人的言语驷马难追
有时候完全是鬼使神差
明明内心设计的　一张嘴却全然不对

步一迈出就是在倒退
方向的错误无可挽回
很多事都是计划不周　仓促出行
算来算去　却算了个一生的负累

做下的决定　说出的心碎
无须更改　亦无须把头回
谁都是只走一遍人生路
太多的重复修正　即使最终有些散碎的收获
也了无趣味

惟当中　要留意捡拾属于你的歌吹
一路奔跑时　会添进柔柔的清风
柔柔地　飘摇在你的心扉
每个人都会有　这样被分配好的机会

情缘一动　一切都崩溃
理智的网　网不下无怨无悔
心海泛起怦然心动的奇遇
抓住了　就不要怕把正常摧毁

内心的本能不会骗你

如果你感到在做决定时稍有迟疑
同你秉持的信念有一点差池
那就毫不犹豫地把看似的机会舍弃
因为　内心的本能不会骗你

如果你感到前行的路上隐隐有骗局
同你习惯的轨迹有一些偏离
那就不假思索地停止行动
因为　内心的本能不会骗你

那是躲避追踪保存下来的动物基因
那是史前丛林里留下来的记忆
这第六感的灵性提醒
帮助你无数次地把危险成功躲避

只有一次　是错误地摘下了那颗有毒的苹果
可是　也把最美好的爱情降给了你
苹果有毒　可这个毒带着甜蜜
遭遇了爱情　你的本能都会欺骗一下你的理智
帮你逃过了那么多的风险　总该在爱意世界里迷糊一次
这一次　你内心的本能自己发了昏　可它还是没有骗你

衷情邂逅

目光掠过纷扰的人群
总会第一眼捕捉到最美的眼神
美丽的容颜就是值得骄傲的资本
形貌出众的男女天然会相互吸引

穿过喧嚣的声响
仍然能听到一泓秋水的心音
只有美好心怀着美好
才能缘分连接上缘分

那一刻眼波的不经意流转
其实是在种下消除障碍的因
任是聒噪的声浪夺去了一时的隔离
飞扬的红线在静悄悄地靠近

一见钟情　一见倾心
绝不是随意的泛滥情真
《诗经》里有很多这样的指引
邂逅的古老含义
就是被注解为猝然而至的美满婚姻

我是母亲身体外的另一颗心

母亲从来没把我当成是一个单个的人
一直觉得我是漂在她身体外面的另一颗心
我的每一次呼吸牵动的心跳
她都会把自己的心脏一阵阵地收紧

做母亲的女性天然的性格就被贴上了小心
她只想着　自己生出的这颗心
是否跳动得安稳
而不管过多的思虑
操碎了她的心

无论我告诉她
我现在有多强壮
妈妈　我能够吃下牛肉半斤
她依然会记得　鸡蛋面饼才是我的能量源泉
依然会备好一床亲手缝制的新棉花被褥
哄睡我这游子多年漂泊的身心

虽然我一再地说
我有了自己遮风避雨的所在
她依然还是会以她身体的冷暖
来感知我的体温
下雨时　天空的雷声
是我们娘儿俩心灵的共振

即使　她一天天地上了年纪
有些判断已经不是那么灵敏
总还是会坚持想着　关心着
我的境遇是好是坏
工作是不是顺心
总固执地认为　有了她的思念
就不会让我的这颗心染尘

我见过的最好爱情

我见过的最好爱情
不是化为亲情的唏嘘相依
相处的习惯不等于必然的相知
而是保持独立的两颗心
在一个眼神处　读尽心领神会的甜蜜

我见过的最好爱情
不是没有原则地牺牲自己
一味地奉献　并不就是对方的所需
而是相互鼓励各自的发展
在该承担责任时　为爱付出　毫不犹豫

我见过的最好爱情
当然也不是财富的无限累积
包括胼手胝足的共同打拼　也只是筚路蓝缕的好伙伴
却难说是爱意想通的好爱侣

我见过的最好爱情
不是都以为对方爱着自己　却又不懂自己
不在同一个频率　再亲密无间　也隔着距离
没有深入骨髓的价值取向一致
在面临决断选择时　势必会出现分歧
我见过的最好爱情
是在爱的名义下邂逅相遇

也是在爱的名义下把所有差距找齐
它考验的是两颗心　爱的能力
在无缝连接的情谊交换中　让爱永续

人到中年

某一天在听情歌时竟还能淌出热泪
感慨我的心还没有完全被硬石包围
虽然一日不刮脸就已是面目全非
岁月的沉淀更衬出我心底仍保留的纯粹

不管尝过了多少的人生百味
人到中年的这杯茶我也刚端起一回
年少时所仰慕的城府深深
为什么全然不是那般的令我陶醉

我还是一个顽皮少年的浑然不悔
对犯下的罪错　自己先行就已经消退
谁没有伤过谁的心
谁没有惊掠过谁的梦回
谁还能用生锈的手
抹去心尖上湿润的泪
不再说对不对

心疲惫再把前路慢慢理会
不再会不计成本地押上身家全部
不再会彻夜不眠地通宵聚会
算一算积攒的银两
数一数要来的机会
却只怕又一场不能逃避的担当
把几十年的历练都倾尽在一时的修为

情感拷问

情感的对错不能理论
论说起来只能徒增伤心
能理论清的那是道理
说不清的才是情分

最无奈的处理就黑白不提吧
也无须去想谁欠了谁的青春
既然已经有了分明的表态
覆水难收又何必再问原因

疗伤的良药只能是时间的秒秒分分
无论怎样的推心置腹都不会再改变灵魂
情债的利息有时往往就是完全的亏损
谁投资越多就要下得起打了水漂的决心

既然情聚情散本就不是冰冷的交易
其中也必然注有不完全对等的水分
爱上了　天昏地暗
到了哭天抢地的离分
确也是正常的难拿难忍

没有绝对潇洒的分手断情
也不会有任凭漠然的简单无心
该消沉落寞就交给泪落长夜暗自伤痛
只是别轻易地动不动就要拷问任谁的良心

七夕 七夕

七夕　　七夕
说是七夕　　只在一夕
一夕的一刻　　在鹊桥的短暂一聚
金风玉露　　云散云起
永远没有最好的结局

月如钩　　寒光无暖意
本是个凄伤的日子
却陷了为情的女
偏要月下乞巧　　偏在七夕讨喜
我独感念　　为情郎抛却了天庭的织女

在爱中的大勇　　总是男不如女
奋不顾身的割舍　　由天能坠到地
是红线要穿过针眼
眼婆娑　　动了情　　滴血痛
朦胧不放弃
问君可当得起　　这星河迢迢　　滔天的情义

七夕　　七夕
说是七夕　　只在一夕
一夕婵娟欢会　　孤独各东西
别梦今宵　　年年伤悲离
男人需珍惜　　莫负痴情女

就这样往前过

自从那年被雕刻过
便没有什么理由再拒绝选择
一张面目沧桑的白纸
可以写下所有浸透岁月磨损的承托

自从那夜被惊醒过
便无论何时都能够任意撒泼
一块不再矜持的净土
可以种植一切饱含收获期待的田禾

自从那时被偷看过
便再也无法重回平静的心窝
一颗没有准备的初心
可以埋下全部牵动心灵悸动的浪波

自从心灵被翻动过
便无论如何都不怕风雨飘落
一种无法描述的感动
锁定了我的寂寞
拖住了你的因果
抛开了万千的羁绊
只为了这一世浪迹天涯的漂泊
带着你如歌般的嘱托
就这样往前过

波动

你掠过我的心湖
泛起我久违的柔弱
你噬骨的唇吻
咬碎了我苦守经年的古井不波

本以为　已有的过往山河
静水深流　星木萧索
无边的劫波　不再有彼岸渡过
只舍下了一柱华年相思
慢慢等净瓶新枝　飘摇红尘滑落

你呀你　禅意驻心头没有说
却为何　搅得我坐不住矜持　没有了自我
击穿了湖底　清空了香阁
痴痴拉定了我　又要重活

没有无奈　跟你怎样都快乐
你对我的好　是一个男人所能给的最多
一片轻羽飞过　是青鸟的音讯在催我们
有你的牵引　我不用再等到冰河解锁

缘定

人与人的相识
有时只需一个照面
人与人的相知
有时也只需再次相逢

最深的了解
也许不在于天长地久的相处
日月对视了亿万年
还依旧是你落在西方　我在东方升空

最真的触动
也许就在于双眸交错的一秒钟
两朵云团就那么一碰
便会突然雷电交加　天摇地动

不一定日久必能生情
不一定时间必会换来感动
没有种下机缘的种子
强要捏合在一起
最终也还是不成

只有心灵的开关被拨动
宇宙才会瞬间刮起狂风
只有一个情缘被提前锁定
才能有美丽邂逅　缘定三生

美丽卧底

如果不是那场雨
一切只能是永远的秘密
你来到我这里是因为谁人的授意
你是我身边美丽的卧底

雨滴飘落我眼里
猝不及防的爱冲出了天与地
你抛开了折磨你的所谓道和义
你选择了卧在我的心底

你是我身边的卧底
底牌揭开时你无所回头地逃避
你牺牲自己　成就爱意
我挂印封刀　和你携手离去

你是我身边的卧底
再一次告诉世间一个真理
真爱的力量可以摧毁所有的算计
从此你我告别江湖　销声匿迹

某一天我们翩然回到这里
天理昭昭　会给我们一个惊喜

四十岁的传奇

活到四十岁　才不那么着急
除了爱情　一切都可以去争取
谁都想在按部就班的生活里
能有一段撼动心魄的传奇
如果不是幸运地遇到了你
到哪里去存放我这半生的积蓄

活到四十岁　就不该再那么心急
为了爱情　一切都可以去放弃
谁都希望　能在灯火阑珊处
有一个衣袂飘香的倩影依依
谢天谢地　让我遇到了你
这半生的约定终于等来了满意的结局

既然是注定的惊喜
也许就不能叫作传奇
可如果爱情能轻易地被设计
还羡慕什么梁祝化蝶的感天动地

四十岁的传奇是爱情的皈依
脱掉了青涩是成熟的清晰
所有的奋斗才知道只是为你
你是我四十岁的灿烂传奇

一万年后再爱你

虽然这一次做好了完全的准备
我还是没有把握能叩开你的心扉
因为你给我展示的时间太短
还没有预热就失去了机会

你的身边总有一万个优秀的人在追
同样优秀的你不会轻易就这样着意给谁
来来往往的眉眼传情已经太过保守
我要是再不表白　连这一凝目的瞬间都会一去不回

感情其实不是这般的挑选比对
可这么快节奏的当下　谁能全部了解谁的谁是谁
所以我不顾一切把自己往你前面推
即使跌倒在你没有看到的背后也无怨无悔

总有一个轮回会让你我清静相对
总有一次转世你会知道我的英彩光辉
只是这一次我必须把前传的故事写完整
为一万年后再爱你先做垫背

总是能够

我们总是能够
在尘嚣中找出一块儿没人去过的田园
听听牧歌　看看炊烟
等着日落　数着星星　忙里偷闲

我们总是能够
在众目睽睽之下接通彼此能懂的视线
密码传递　眼波流转
任四周喧哗　兀自说着情话暗暗

我们总是能够
在都还不曾准备行程的黎明
已经先期抵达绝美的天边
丹戎如画　海水透蓝
看着船帆由远而近　夜夜枕着涛声入眠

我们总是能够
刚好避开击碎了人心情怀的计算
卖一个破绽　留出一点给自己的时间
不管得失几许　有多少鸿图未展
实在感受生活的真实　柴米油盐也润心田

爱意绵绵　岂能被世情牵绊
用心去找

总有自己的选择

自己的一方天

只看你愿还是不愿

因为有你

因为有你
我从未认为有过彻底的失败
即使每一次都被人际的丑陋
排挤、击打、出局
最后还有你　庇护纵容我的心怀

因为有你
我甚至并不觉得还能有什么更值得期待
已经合上了两半灵魂的躯壳
魂魄的深处盛满了真爱
不再考虑　未来的来还是不来

因为有你
我的悲哀再没有过绝望的无奈
倒是会有几许莫名的寂寥难捱
那是或短或长的分离时　相思的苦
苦涩里依然还是最甜的信赖

因为有你
我尚在路途的半程就已经开始期待
期待无人的天边　期待清凉的城外
石锅煮米　白酒热菜

有情驻

我只想安分地做一颗铁钉
雨打锈蚀　风吹冰冻　订好我的孔　波澜不惊

我只想认命地做一份养活自己的工
朝阳起　暮霭落　走好上班回家的路　不惹秋风

我只想保留一些无过的人际间隔
该我的　该你的　长短不论　是非分清
养成独立的心　独享的尊重

我只想求得一点相对平静的从容
江湖浪高　风云际会　我也只作侧耳倾听　不入局中

我只能就我的能耐筑好一个藏身的洞
炎凉冷热　安身立命　是我自己心甘情愿的遭逢

我当然也会用我玲珑剔透的洞明
打磨一盏照亮我所居处的心灯
素手拨弄　火光辉映　有你的笑意盈盈
是我的宝　我的爱　我安于一世的确幸

我也愿　苍茫渐满时　不要把一切的因缘都裹挟翻动
有些已经平衡的既成　无须再弄

我祈盼　再有天地鸿蒙　肇始初开

依然能眷顾这人世间最微小的与世无争

有鹰击长空　　也有夏虫呢哝
有情驻　有花赏　有歌唱　有风听

辑三·爱永

想想就爱你

出发不必非要趁着早起
黄昏里的灯火映衬着冲动的神秘

万物的本原起自暗夜的爆炸
有光亮的瞬间就是愿望在呼唤你

休息是为了更好地休息
彻底地休息是人生的目的

变化的过程都是静止终结于静止
所有的信心百倍全在于调匀呼吸

奋斗的动力来自写好的结局
创新的探索不过是打开了预设的程序

没有前人的路上布满的风雨
十字街头的景象总是面面相觑

心底的爱都是放任的故意
一无所有时最少还保留着情欲

在思想断裂的缝隙
想想就爱你

谁的新娘

当我渐渐明白了才华只能做精神的食粮
为了养家糊口还必须要学会一两个谋生的伎俩
可太久深陷于情怀的放荡
已经失去了归束衣襟的本能情商

任是累累的教训堆积在满目的仓皇
依然是抱定了圣灵豪气偏要昂首逞强
温柔的季风每年都带来棕榈飘香的气息
一点朱唇的红颜摇曳着醉人的神魂激荡

不再回头去修补断桥残壁的是非恩怨
把金山漫踩在脚下也不过是僧俗的道场
有一种凄凉叫首鼠两端
有一种落寞叫陌路斜阳

推开原本就不是天窗的户牖
古老书经的秘密如此靠近地在屋檐下暗藏
翻开纸草剥落的凌乱篇章
读到权谋诡计的暗算
却无端地搅动起了壮志在胸的荡气回肠

一从心怀的幻想
一发不忍的飞扬
弹破了回影暗壁的含羞
滴落的烛油里满是娇嗔的泪光
谁的新娘　谁的新娘

乐心筑

直到那一刻
我读到那一行文字
写着和我一样的语言
摊开了干净的纸面
在安静中放荡不羁地撒欢

才发现在稠密的声浪中
有许多心有清净的理想
一直都在完美地实现
抱定着信、念、执着、平凡

直到那一天
我看到那两个少年
有着和我一样的笑颜
放开了红润的双手
在阳光下肆无忌惮地灿烂

才知道在灰暗的尘霾里
有许多属于情怀的戏份
一直都没有停止过上演
演绎着情、爱、随性、至善
是雪夜里停泊下一只透亮的小船
就为了探一探流水的深浅
是细雨中修筑好一家远归的客栈
把生命的态度着落在了一块坚实的营盘

不说耀眼的光华夺得了多少人的追逐艳羡
做好自己故事的主角就是真正的不凡
不说尊荣的显露赢取了多少人的拥戴颂赞
放任自我心性的选择是能让真情尽展

任时光还会再转过一千遍
任岁月它还会抹去了昨天
每一次率性的停驻都不是虚幻
每一份存在的经过都说着绚烂

船靠岸　宿客栈　是营盘
停下来看一看
流水经年　随处是春天

注：为"世界那么大，我想去看看"辞职女教师出书而作。

2017 年的初雪

一路在雪中走
迤逦不难行
碎琼乱玉点点白
踏过即化为春雨

只顾着欣喜了
忘了拍一张晒的照
今年的第一场
其实是去年冬天欠的

雪都还给我了
你的情呢?

我诗写我心之
能承能生

※

能承

能承是指能够承载、存续中国的文化知识。孔子说《诗经》有"多识于鸟兽草木之名"的致知作用,像"桃、楚、甘棠、梅、唐棣、李、棘、榛、栗、椅、桐、梓、漆、桑、桧、松、柏、翟、杜、木瓜、杞、檀、舜、柳、枢、栲、椒、栩、杨、条、枣、常棣、枸、柞、椐、梧桐、乔木、扶苏、苓、葛、卷耳、苢、蘩、蕨、薇、藻、茅、葭、蓬、瓠、葑、菲、荼、荠、苓、茨、唐、麦、绿、竹、瓠、芃兰、草、黍、稷、萧、艾、麻、荷、龙、茹、芦、芍药、蒡、莫、稻、粱、荍、蒹、菅、苕、蒲、芑楚、葵、菽、瓜、壶、韭、蓱、蒿、芩、台、莱、莪、芑、蓄、莞、蔚、鸢、女萝、芹、蓝、荀、蓼"等这样的花花草草和"黄鸟、鹊、雀、燕、雁、流离、乌、鹑、鸡、凫、鸰、晨风、鹝、鸨、鹳、脊、令、隼、鹤、桑扈、莺、鸢、鸳鸯、鹰、凤凰、鹭、桃虫、雎鸠、斑鸠、布谷、马、麟、鼠、麇、鹿、牛、羊、兔、虎、豹、螽斯、草虫、阜螽、蜻蛚、螓、蛾、苍蝇、蟋蟀、浮游、蚕、莎鸡、伊威、蛸、宵行、蝎、螟蛉、蜮、螟、蟊、贼、青蝇、鲂、鳏、鲤、鳟、鲦、鲨、嘉鱼、鳖、龟、鼍、蛇、贝、鲦"等鸟兽虫鱼就都是出现在《诗经》的词句中。

而除了记述这些自然的物种名目之外,诗最本体的文化功能还是记录传承美丽渊博的中华文字,现在依然在语言文化中被广为使用的成语和词语,有很多就是出自几千年前的《诗经》,如"爱莫能助、毕恭毕敬、桃之夭夭、信誓旦旦、忧心忡忡、梦寐以求、风雨如晦、充耳不闻、出口成章、赫赫有名"等,这当中,像"不可救药"这个词,形容病重到已无法用药医治,比喻人或事物坏到无法挽救的地步,就是出自《诗经·大雅·生民之什·板》:"多将熇熇,不可救药。"其后2000多年延续下来,无论唐诗宋词还是汉赋元曲等诗的变体,也都产生并传续着许多丰富我们语汇表达的美丽的中华词语,如"山重水复、柳暗花明、司空见惯"等,其中,像"心有灵犀"这个词,原义是比喻恋爱着的男女双方心心相印,现多比喻双方对彼此的心思都能心领神会,就是出自李商隐的《无题》诗中"身无彩凤双飞翼,心有灵犀一点通"这句。

所以,对于语言文化的传承,诗是一个很好的载体。现代的文学基本已经在渐渐被西化,中国文化在明清以前主要就是靠诗词来承接,诗,有保留中华优美文字的功能。虽说现在诗和书法、国画一样,都快要成奢侈品了,但是传承中华文化不能断了根,特别是有些词语,在现在这样一个读图时代的大量符号形象冲击下,我们恨不得又回到象形文字时代,文化有退步的危险,从小开始学认字写字变成了看图说话,很多的中国字,如果老不被使用就会死亡的。而存续这些我们祖先所创优美文字的最好形式就是写诗读诗。当然,歌曲也很好,更易于口口流传,但是歌曲往往由于要使得传播更为普遍广阔,不免失之太通俗,很多雅致些的词儿,歌曲里不好用,唱出来怕人听不懂,所以歌词的书写不能太高深,也就注定只能在一定程度上承担一部分的文字传承,而且有些口水歌,无非就是翻来覆去的情啊爱啊,成了词汇的重复,某些类别的词语集中使用率太高,在这点上,不如诗词可以在意境刻画、音韵诵读优美上担负的文化信息含量更高。

故而,用字用词的优美和高妙,亦即诗的才华所在,一首诗的境界高低和艺术水平高下,往往在于其用词的考究和恰如其分。一句妙语佳句,就会成为一首诗的"点睛之笔",有很多诗篇,我们往往只记住了其中口口成诵的一两名句,如这句"人生若只如初见",其实它还有下一句"何事秋风悲画扇",再完整的应该还有这几句"人生若只如初见,何事秋风悲画扇。等闲变却故人心,却道故人心易变",而这还不算完,整首诗是这样的:"人生若只如初见,何事秋风悲画扇。等闲变却故人心,却道故人心易变。骊山语罢清宵半，泪雨霖铃终不怨。何如薄幸锦衣郎，比翼连枝当日愿。"美妙在前半阕，其实后半阕写得也很好。但是不必全篇都知道，只因为有了这一句"人生若只如初见"，便足以使得纳兰性德在清代诗人中傲视群雄了，可见好诗一句足矣。类似的还比如张九龄的《望月怀远》，起首一句："海上生明月，天涯共此时。"全篇是："海上生明月，天涯共此时。情人怨遥夜，竟夕起相思。灭烛怜光满，披衣觉露滋。不堪盈手赠，还寝梦佳期。"但只此一句，便够了！

"山抹微云，天连衰草。"这一句出自情诗高手、大名鼎鼎的秦观秦少游的《满庭芳》，这一句只是整首词的开头第一句，全篇是这样的："山抹微云，天连衰草，画角声断谯门。暂停征棹，聊共引离尊。多少蓬莱旧事，空回首，烟霭纷纷。斜阳外，寒鸦万点，流水绕孤村。　销魂，当此际，香囊暗解，罗带轻分。谩赢得青楼，薄幸名存。此去何时见也，襟袖上，空惹啼痕。伤情处，高城望断，灯火已黄昏。"但是后来人们只要提及这一句，便已经佩服得不得了了。最极端的一个表现是，秦少游的女婿在某次聚会上介绍自己时，竟说出"吾乃山抹微云之婿"，才用了这一句的半句话，所达到的效果却已是举座皆惊、耸然动容而尊敬得无以言表，因为一个"抹"字用得实在精妙！所以，作诗在某种程度上，是对一个人文化积累的极致化考量，能不能把厚重的知识储备浓缩出几句或哪怕一句、甚至一个精妙的词语，就足以奠定其整首诗的伟大地位。

我们作为炎黄子孙，有义务把中华文化的美好文字继续传承下去，为一句诗或一个词而用功求索，比把时间和精力浪费在打游戏升级上要更有意义。特别是在清风朗月的夏夜，独坐树下、静心思之，一句心灵之语飘然滑落意中，快速将之记录下来，然后再描摹增润，终成一首完整的诗篇，个中美妙，自不待言。有同道者必当心领神会，于我心有戚戚焉。

我们上小学学国文都要学造句，可以说诗是最好的造句"场"，能造出千古名句，不朽传扬。不惟古诗词如此，现代诗也能写出绝佳的名句，诗人海子的"面朝大海，春暖花开"可说是孤句震当今！众人都知这句诗，但是出自诗人的那一篇？前后的语句都是什么？却未必完全了解，但又有何妨呢？作为一个写诗的人，有这一句被诵扬已经足可慰心魂了。所以，写诗作词，赋得妙语佳句，不是只有古诗词才能做得到，用心去写、才华具备的话，现代诗依然能写出好的句子！我甚至认为，作为诗的审美鉴赏而言，有没有语句的优美，当放在极其重要的考虑。如果你能写出"最是那一低头的温柔／像一朵水莲花不胜凉风的娇羞"这样让人读不舍手的优美句子，还愁你的诗会被说不好吗？所以说，不是现代诗本身不好看，也不是过了时令，是我们没有寻求到这样的好诗句！

  但是也必须注意，不能为了词句的刻意追求，而陷于用字的过分的偏僻和孤冷。诗之精巧或博大，宜在用准确的文字描绘出心中的感触，而这感触应该也能为人所懂，重在对于情感的铺陈传达。避免过于修饰词华，所以用词不能过于晦涩，应简单而不俗于直白，精练而不沉于滞重。

  能承，要有能承物的功能，这个物指的是言之有物，不是简单的指物体，它是一种物理的感觉，也不是中学大学所学习的物理课。通俗讲，是指诗要有容涵事实、事务、事物、事体和哲理、情理、道理的感觉和意味，所谓的感怀伤物、物思心解。不能太过于虚幻、浅薄地仅停留于浮夸表面的层次，要能够透入事理之内，阐发幽深细微的纤毫情感；不能像领导讲话一样"我们一定要抓好这项工作……必须重视对待这件事情……"等等口号宣言式的语言，要能够通过所谓"赋比兴"或隐喻、描摹的手法，指出具体的理性方法或可以分解为人类能够理解的具体情感。比如，看到空中的月亮，只有一半的月悬在天际，勾起了些许的心情，有了些许的诗兴，但是不能就简单地写出比如"月亮啊，你勾起了我异样的心情……"或是"半轮月亮，我真的无法平静啊……"等只是停留于表象的诗句，没有深入刻画出你的心情到底是什么样的？如何异样？如何无法平静？这只能叫干嚎，不是诗的解析。有一位朋友对半轮月的诗意解析是这样写的：

半轮月

文 / 水墨轻纱

今晚的月
半轮明
半轮暗
半轮藏着你的心事
半轮写满我的思念

今晚的月
半轮柔
半轮刚
半轮寄存清欢
半轮封锁薄凉

今晚的月
半轮沉重
半轮轻盈
半轮记载乾坤聚散
半轮映射古今离合

今晚的月
半轮在天上
半轮在心窝
半轮在倾听
半轮在诉说

今晚的月
半轮是你
半轮是我

　　你看，并无一词提到心情的表象，但是反复使用"半轮"这个核心词来起兴陈赋，列出许多意涵深远的比喻，自然面对这半轮月的月下情怀油然显露了出来，正所谓"不着一字，尽得风流"！所以，诗对心情、胸臆的承接能力不是声嘶力竭、歇斯底里地用多少语气助词或排比句式的叫喊，而是入木三分又润物无声地浸入，运用高超的文字能力，信手拈来而成的美好诗作。而做到这些的首要前提，是胸中一定要有容纳万物至理的气魄和知晓天地运转的丰富知识储备，动笔作诗才能真的言之有物。

　　另外，能承，也是能够承续历史、反映现实，还可以意喻下承、承接民众民风，也就是所谓的接地气。诗不能高高在上、孤芳自赏，一定要能承接澎湃沸腾的生活百态和生生不息的人类活动。杜甫的诗被称为诗史，读他的诗能直接感受到当时的人文生态和民众疾苦，像《三吏》、《三别》，"朱门酒肉臭，路有冻死骨"等等。其实，大多的诗篇都有记录历史史实的内容，像很多的田园诗、边塞诗，就很生动地描绘出了当时人们的生活情态，范成大的"下田戽水出江流，高垄翻江逆上沟。地势不齐人力尽，丁男长在踏车头""中秋全景属潜夫，棹入空明看太湖。身外水天银一色，城中有此月明无""昼出耘田夜绩麻，村庄儿女各当家。童孙未解供耕织，也傍桑阴学种瓜"、岑参的"北风卷地白草折，胡天八月即飞雪。忽如一夜春风来，千树万树梨花开。散入珠帘湿罗幕，狐裘不暖锦衾薄。将军角弓不得控，都护铁衣冷难着。瀚海阑干百丈冰，愁云惨淡万里凝。中军置酒饮归客，胡琴琵琶与羌笛。纷纷暮雪下辕门，风掣红旗冻不翻。轮台东门送君去，去时雪满天山路。山回路转不见君，雪上空留马行处"等等。还有俏皮的儿女诗如"打起黄莺儿，莫教枝上啼。啼时惊妾梦，不得到辽西"，精妙灵动地描写了一位女子对远征辽西的丈夫的思念之情态，也有助于我们侧面了解当时戍边战斗的情况。

现代诗人贺敬之的《西去列车的窗口》：

> 在九曲黄河的上游，
> 在西去列车的窗口……
> 是大西北一个平静的夏夜，
> 是高原上月在中天的时候。
> 一站站灯火扑来，象流萤飞走，
> 一重重山岭闪过，似浪涛奔流……
> 此刻，满车歌声已经停歇，
> 婴儿在母亲怀中已经睡熟。
> 呵，在这样的路上，这样的时候，
> 在这一节车厢，这一个窗口……
> 你可曾看见：那些年轻人闪亮的眼睛
> 在遥望六盘山高耸的峰头？
> 你可曾想见：那些年青人火热的胸口
> 在渴念人生路上第一个战斗？
> ……

这首诗很好地记录下了在那个火红的年代里，人们奔赴农垦一线的战斗豪情和当时列车上及列车沿线的景观动态。读这些诗，能够了解到当时写诗人所处的社会现实，感受此情此景之下人们的活动情况和心理现实。

能生

能生，生发由心。作诗和做所有的事情一样，得有本能的生机，就像生孩子一样，得真的有感情的受孕才能愿意生出来自己喜爱的孩子。不能做命题作文和逢景必吟，像完成计划似的，上山游玩来一首、休闲钓鱼来一首、朋友聚会来一首、单位开会来一首等等，诗是不能这样被"工具"化的，一定得要确实有感才发。心念一动，油然而生，要对这种美感十足的艺术寄予足够的神圣度。

姜夔的《过垂虹》看起来只是一首极其简单的小令："自作新词韵最娇，小红低唱我吹箫。曲终过尽松陵路，回首烟波十四桥。"但是读来却极其优美，个中情境呼之欲出，完全觉不出应景而作的干涩，反而全是有感而发的流畅。这首诗是诗人在另一位诗坛大腕儿范成大家里流连盘桓了月余之后，期间创作了《暗香》《疏影》两首惊倒范石湖的完美作品，高兴之下携从范家点名要来的歌女小红，赶在正月十五之前雪中乘舟返家时所作。正是志得意满、幸福喜悦，所以这首虽然短小、但在诗词史上备受人们喜爱的诗作就油然而生了。所以，诗是内心真有感触之后的言表。

能生，要生机盎然，多反映蒸蒸日上的火热现实生活。当代中国，城市化进程加速，所以，多写写城市的光影流动、人来车往。虽然乡情是除亲情之外最容易着笔的一种朴素情感，对于乡情的难舍和长思，我也写过一些。这几乎也是所有创作者最容易下笔，也是写得最多的一类题材，中国人容易怀旧思乡嘛！这个可能还是受到一些古诗词表现内容的影响，但是那些时代，毕竟农村和城市都是处于农耕文明的大环境之下，城市无非比农家的建筑多了几层楼、高了几个台阶、多了几条阑干，大体的物质形态和人际环境没有太大的差距，所以古时的诗词吟诵的情景，多会出现明月、井水、村口、倚门、眺望等城市乡村普遍可适用的场景。

有个朋友的诗歌公众号就叫"走不出的故乡"，大多的诗作充满中国传统文化的精神，对养育故土的情感当然是很好的，应该褒扬。但是，现代中国，已经进入到了急速城市化的时期，应该多描写、记述现代都市世相人情的多姿多彩，老走不出故乡怎么行？我们还是要发展的。

能生，还要能生发、有生机，给人以升腾的希望，即使是描述一些悲凉状态、不如意时的诗作,如果人生的情怀和格局够大的话,同样是能够在逆境或危难境遇中点燃生命的灯火,这是人类文明中生机勃发、不屈于命运的可贵精神,作为诗的抒怀,一定要能有这种给人以美好愿景和期待的东西。比如杜甫的《茅屋为秋风所破歌》,自己半夜睡的茅屋漏雨了,但是并没有怨天尤人,一通宣泄了事,而是寄予着希望,同时还想着同样境遇的他人"大庇天下寒士俱欢颜",这是多么博大、充满大爱和不屈精神的胸怀!所以,不能像现在很多所谓的诗那样,自己受了点小委屈、小不顺,就把不良的、负面的情绪无所顾忌地宣泄在诗里,语言近乎厕所文学,往往以绝望、无奈结束。为了不污染大家的视听,这样的诗句就不列举例证了。所以,诗要颂扬美好,生有正气上升之意,要有正能量!有句话叫什么"愤怒出诗人",我坚决不同意!可以说"激情出诗人",但最好别说"愤怒出诗人",虽然很多诗人确实是在家国忧愤之时创作了不少经典名篇,如屈原、陆游、辛弃疾等,但原发的动力还是有强烈的热爱生命的欲念和激情,即使屈大夫选择跳江而亡,那只是向命运抗争的一种无声的方式,但绝不是简单的愤怒!在其思想深处,融入诗句里的精神、最后的期望还是对人类社会的美好追求。

诗的能生,就是要有生息的希望,相信未来、相信生命,即使在黑夜也要用黑色的眼睛去探索光明,数风流人物,还看今朝!

能生,还有生发、新生、新的发展的含义。前文里也提到过,现在很多朋友还在坚持写古诗词,甚至还能作长赋,很了不起,这是很好的文化传承的事情。但是,我觉得从发展的眼光看,写写即可,最好还是别写了,因为我们所处的时代和古人的生活环境等等人生体验已经发生了天翻地覆的变化,许多古诗词里那些独具韵味的具体所指和人生况味,几乎已是难以再觅!我们不可能对着机场地铁发出斜倚阑干的幽情,也很难穿着短裤T恤想象长衫纱裙的执手相看泪眼的情思,所以再寻求古诗词常用的那些描摹微细情感的词语来描写现代社会的生活百态,是很不搭调的事情;另外,从盛唐之后,诗的艺术成就就已经达到了最高峰,"豪杰之士难于其中自出新意，故遁作他体"，所以后来的宋词、元散曲，都是诗的变体。为什么变呢？没法不变，因为能写的情感际遇都已经被唐诗给写尽了，超越不了啦，所以必须得遁作他体另觅新路。也就是说一个时代有一个时代的诗体，体裁可以有变化，诗的魂仍然会一脉相承，中国诗的独特韵味，无论是唐诗宋词，还是元曲鼓词，都在悠悠扬扬地延续着。但是要发展，要用现代语言来发扬古诗词所独有的历史优美，对现在来讲的改变，就是我们现在创作的新现代诗。

  供大家参考，我对自己创作的诗定义为——新复古现代诗：采用现代语言文字的表达形式，根源于古老《诗经》的纯真质朴，撷取中国历史上优秀诗篇的词句精华，承继中华诗词创作的情理精髓，维护中华文字的优美韵律，直抒胸怀又意境悠远。不矫揉、不颓废，发人深思、耐人寻味，记录时代、激扬勉进！

  可能喜爱写诗的朋友会有这样的慨叹：现代诗太难写了，因为很多的表达已经都有前人在先，再难有更新的意趣出现。确实，中华诗词几千年下来，几乎每一种情状心态都已被描摹殆尽，所以，还在坚持写现代诗的人都是值得尊敬的，尤其是还在坚持承袭复古韵味创作风格的写诗人更值得佩服！故而，诗的"能生"，也包括了诗词含义新的发展提升，着重体现在立意要新。立意，是一首诗的成立之本，诗的立意首推概述的"理"要新，所谓"在心为志，出口成诗"，一首有意义的诗篇应该是当时的社会心理反映，但是，社会时代在不断变化当中，所以，这个内含的"理"也会有新的具体世相来呈现，也就是说，"理"可以还是"老理"，但是，用作比喻、阐释的例子内容要新，我们的诗总还是有得可作的，比如，虽已有了"欲穷千里目，更上一层楼"，也还可以有"曲径通幽处，禅房花木深"，同样可以喻示进一步探究而致眼目开阔的道理。有了"谁知盘中餐，粒粒皆辛苦"，但悲农、怜农的诗篇历朝历代仍不绝于纸；有了"低头向暗壁，千唤不一回"，也还有"和羞走，倚门回首，却把青梅嗅"一般的女儿情态展示。所以，诗人独到的解析事物的目光是不会让诗写不下去的，只是看你有没有能够从生活中发现美好并且用诗句提炼出来的能力。

其次，用字用词要新。也许意境哲理还是那样的一般无二，但是中国诗词的美妙就在于一代一代弄诗人对文字孜孜不倦地精细探求，而使得诗篇的样态日日呈新，比如王安石的这两句"遥知不是雪，为有暗香来"，都知道是袭用了南朝苏子卿的诗句"只言花是雪，不悟有香来"的意境，但是"诗益精，而语益工也"。同样是咏梅花的香气，林逋的诗句中又有"疏影横斜水清浅，暗香浮动月黄昏"的比喻，但是又都赞叹其用词更能推陈出新、意境更妙，所以，一样的情景，不同的字词，都能有新发的意境。还有比如感叹光阴易逝的"少壮不努力，老大徒伤悲"，同样的意思也有"劝君莫惜金缕衣，劝君惜取少年时"。

再次，情趣要能新。而情趣的新，比起"理"的新来讲，更容易发现和寻觅，同样的爱恋情感，换一个人就是一番新的情致。比如同是描述思念，不是说既有了"蒹葭苍苍，白露为霜。所谓伊人，在水一方"，再有的思念之情我们就作不得诗了，还会有"我住长江头，君住长江尾。日日思君不见君，共饮长江水。此水几时休，此恨何时已。只愿君心似我心，不负相思意"，同样也是在水一方，在长江水的天各一方，情怀更为壮阔，对不对？同是家国情怀，既能有"破阵子·沙场秋点兵"的豪迈，也有"满江红·壮怀激烈"的壮志，还有"红旗漫卷西风"的气魄等等。可以说，这些都是新生。

辑四

诗醒

我不是诗人

我不是诗人
但是我在写诗

写诗不是我的职业
但我也绝不仅仅只是当作爱好

诗　已经刻进我的生命
它就是我的命　此生离不了

我没有飘荡的长髯和披肩的长发
也没有宽袖大袍的中式衣衫来梦回唐朝
我活在当代　跟随如常的穿戴
西装革履　短裤T恤　都是一样的喜好

我没有陷于精神极端的呻吟狂躁
也学不会行为上离经叛道的张牙舞爪
我就是一个正常的人
上班　工作　下班　吃饭　洗澡　睡觉

写诗的时候不喝酒　都很清醒
清醒到是在和自己的灵魂对话
没有斗酒诗百篇的放荡不羁
也没有醉卧东坡君莫怪的江湖笑傲

没有仔细计划过准备要写多久写多少

在有感触的时候就把诗的精灵寻找
不会刻意追求什么样的诗风
对于诗的潮流派别一概不知道

只记得古往今来的诗篇至少要有韵脚
只信奉中国的诗词要有中国的味道
用今天的语言书写我中华文化的自豪
不接受跟着西洋的风格瞎跑

我是在认真地写诗
认真地把中国文字串联成诗的美好
认真叩问着对这世界的真实感应
认真思索着人世苍生下一步的精神落脚

诗醒

也许　诗　最终仍会不免消亡
可我想　在最后的涅槃之前
再做一次拯救的努力 [注]
也许凭我们的能力有些徒劳
也许话语传递方式的变化
注定了她要被替代的结局

而我分明听到了　诗的精灵在召唤我们
让我们觉得自己有责任来奉召诗魂的延续
而我分明看到了　诗的真神在探身俯瞰大地
她在寻找一个喧嚣密布之中的狭窄缝隙

即使所有的文曲星都洗手扑入街市
即使所有的才子都在给财富做嫁衣
即使文化的含义已沦为信息的实际
即使人际间已不再有月上柳梢、僧敲月下的机巧情思

我们却必须还要固执地高竖起诗的大旗
不管手中握着的是怎样的纸笔
在与浮躁碎片流动的争夺间
固定下我华夏文明优秀的词语

我们的生活不能没有诗
就像遒劲的巨龙缺少点睛之笔
我们的生活不能没有诗意

就像再富丽的庭落也不能少了从天空飘下的雨滴
风流总需要被雨滴打湿去
热血流淌的身体依然渴望清凉的诗意

注：诵读版：也许 写诗读诗 早已不再是时尚
　　可我想 在依然需要文化浸润的今天
　　再做一次重振诗坛雄风的努力

独孤

我是一只孤鹰
游弋在远离羊群的荒滩
不是我不艳羡肥肉
是肮脏的膻气令我心烦

我是一只离燕
飘摇在失去大群的天边
不是我拒绝温暖的迁徙
是随波逐流的重复使我厌倦

我是一匹独狼
行走在背弃草原的黑暗
不是我不想再组织一次团队的冲锋
是阴谋诡计的卑劣使我自怜

我是一匹瘦马
踟蹰在鸦叫的西风古道边
不是我不愿意屈卧在安逸的马槽
是执意的断肠主人唤醒了我本狂野的呐喊

其实我就是一个诗人
行吟在人生的边缘
不是我不能更接近中心的浮华
是太多的逢迎使我不得尽展心颜

在喧哗的目光里，我是一个怪客
浑身毛病兼着对一切的不耐烦
一路独行追逐着嵇康、屈原
即使低一下头便能衣食无忧
我还是不愿意放弃心灵的制高点

也许这一次离群索居会使我输得体无完肤
我却依然昂首不顾　振翅扬帆
也许这一次任性的撒欢儿会击破生存的底线
我也要探一探底线之下的灵魂本钱

活在诗里

一直以来　我都是活在诗里
即使在囊中羞涩举国贫穷的日子
我也没有在乎过柴米油盐的算计
曾经穿着棉布粗衣　躺在刚施过肥的土地
看云卷云舒　不去想该种高粱还是种玉米
因为抬望眼　一道美丽的弧线　正掠过天际

一直以来　我都是活在诗里
即使在艰难跋涉陷入困境的时候
我也能因为其中的某点感触而激动不已
曾经怀揣倒腾物资的批文连夜狂奔　睡在车站的水泥地
看人来人往　一时间竟忘了南北东西
因为在惊鸿一瞥处　看到了你

一直以来　我都是活在诗里
即使在性命攸关命悬一线的时刻
我也会心生恍惚　把注定的结局忘记
曾经在百尺高楼的顶层　把身体贴上冰冷的水泥墙壁
因为那是一个盛夏的高温天　到处的天空都不下雨

诗意的感觉　改变了我对生活目的的定义
我不再去贪图做事必要圆满
我不再去在意结局都要满意
只要能有一个感动在意外中出现

就不再细究这是预设的必然还是邂逅的惊喜

当然　诗意的灵通往往报以最好的尊重
你不想　她不勉强你
你崇拜了　她总会把出乎意料的爱留给你

辑四·诗醒

我的诗是 60 后们最后的青春寻欢

我的诗是 60 后们最后的青春寻欢
我的诗是 70 后们将逝的似水流年
虽比不上音符的节律所营造的温暖
但也没有词语的尖刻而刺透的心寒

我只是把我们走过的感动捋一遍
我只是让我们记忆的轨迹再浮现
既然不是所有人都能有一去远方的冒险
最起码可以在我的诗句里重新找回年轻的喜欢

我们还没有学会尝试做长者的经验
90 后们却兀自发出了年少狂傲的宣言
在勉强和 80 后的对话还能够共同拥有昨天
朝霞灿烂 00 后们的号角已经在启航扬帆

但我丝毫没有惧怕代沟相隔的难堪
真诚和坦荡是任何年龄对话的语言
我们也曾经有过与父辈的激辩
我们也会容纳下一代蒸腾的新鲜

我不会有感喟时光不再的腐酸
因为我们经历的已足够把记忆堆满
我不会有嗟叹精力不济的收敛
欣喜地鼓励当打之年的孩儿们
去张狂耀眼　奋力争先

我会在那段玲珑雨巷的最深处
写下幽香的字词　织下华丽的大旗
在春风激荡的时刻
用我的吟诵
为你们摇旗呐喊

鹧鸪天

不只诗生江南
北方也起云烟
一样的雨幕遮掩了夏日
和着尘间另样的一些不凡

冷风吹过了黄淮的界限
雪飘落　都在敲打离人的眼帘
送别情　相思意　夏花点点灿烂
走到哪里也因为了一份
只诉深浅的缘

你听过　我看见
没有千里万里的丝和线
千万处的勾连
在云层上　天外天
一只风筝不能牵动的离散
都在淡漠了的秋风送爽鹧鸪天

自砺

说过了周折万千的话语
还是想留下百万雄健的文字
口出无凭　立字为据
语过轻飘　笔落沉实

传诵了太多非我本心的论调
我也要刻写下我对生命的真实感激
言为心声　字下刀笔
雨过天晴　心有灵犀

记录了很多流过眼前的光怪陆离
我必须承担起古老文化的播迁延续
言之凿凿　字字珠玑
欲诉胸臆　心为物役

思虑过了全部还能值得投入的念起
我终于开悟在了刚好成熟的年纪
字里行间　抒情言志
纵横驰骋　心荡神迷

在岁月里沉淀　在顽石上磨砺
只为了能够挽翠袖红襟　一揾英雄泪滴
在青苔古巷的残照里　写一曲长相忆

诗魂

你是前尘远逝的屈子
一代宗师　独领风骚
在沧浪浊水中开篇问天的诗魂

你是才高八斗的子建
洛神不寐　天人惊艳
在七步追命中续下灵秀的文华

你是放荡不羁的阮籍
纵横诗笔　离经叛道
在山阳竹林中刻下高傲的骏放

你是古往今来的太白
酒来诗成　江河大开
在水心冷月中演绎浪漫的升仙

你是情致专属的义山
精深入微　纤若毫发
在阑干红缦中写尽绝世的情话

你是奉旨筑情的三变
脂粉香娃　红翠依偎
在亭台柳树中沉醉缱绻的婉约

你是推敲僧月的瘦岛

辑四·诗醒

寒山苦吟　刻意求工
在西风隐归中探觅缀字的清奇

你是渭城朝雨的摩诘
禅理音画　诗境天成
在田园关塞中臻悟人生的练达

你是变法殊难的介甫
涓洁临川　不入俗流
在朝野繁杂中记下风骨的不灭

你是平白初心的乐天
体无完肤　争诵传阅
在居之不易的长安坦荡铺陈

你是知命豁达的东坡
天承地接　气定神闲
在魂魄来去的时空傲然自夸

你是飘然不群的尧章
逍遥云外　江湖为家
在清逸脱俗的雪夜笑过垂虹

你是文藻华赡的易安
千古才女　别是一家

在离乱流年中慢弄素言典雅

你是挑灯看剑的稼轩
文成武就　蕴物不废
在金戈铁马的幕帐中文峰峭拔

幸此诸君　魂脉传承
一从经典而出的骨架
承托起了我诗文独韵的中华

我诗写我心之
能静能共能梦

※

能静

"我想静静,也别问静静是谁。"哈,多么浮躁的现代人啊!如果想静静,那就听一首诗;如果想静静,那就读一首诗;如果想静静,那就作一首诗吧。

能静,诗,可以隔绝浮躁、让内心平静,作诗和读诗、听诗都有让情绪安静的功能。而作诗、听诗、读诗,也同时需要静静,要在静静的心境之下,才能尽得诗的妙处。

所以,从这个意义上来讲,我是反对把诗做进电视游戏娱乐节目里的,诗的呈现,是静幽的、绵长的,不是热闹、喧闹的场合所能体会出的独特意境。

关于这一点,我想不用着笔过多,凡是爱诗之人,自能体会静处之妙和心达意境的诗意如烟。

能共

能共,是说诗一定要能传达人类的共同情感诉求,立意的意境要有较为广博的中华人文内涵,具有能为大多数人认同的价值观。不能太窄小于个人化,只着眼于、局限于太个体的小情调、小气氛的调弄。要让人听了看了读了你的作品,能够有"于我心有戚戚焉"的触动。戚戚,感动、触动的样子,指心中产生了共鸣。要能够撩拨起人们心中的那份或狂野或柔情的冲动,每个人心中都有一个诗意生活的冲动,如果抛开世事的束缚、责任的承担、不计一切后果考量的话,都愿意恣意放纵地像诗歌描述的那样奔放热烈地活上一场!所以,诗,一定得要能调动起人们心中的这一份难得的纯粹感、这一份难得的本能激发,这也是人类最最可贵的精神家园!

同时,除了人性心理的共通感触,还要能够具备社会担当的胸怀,因为我们每个人对自己的人生设计和整个社会构架的适合度都有一些或多或少的不一致,诗人要有社会责任感、家国情怀和责任担当。中国社会科学院文学研究所研究员杨匡汉认为:"诗歌的问题出在诗人本身知识系统的封闭上,当前诗人还找不到对当代人们所关心的问题,中国一年来诗歌产量有五六万首,相当于200年全唐诗的量,但精品非常之少。"

另外,还要能够求索天地人生的终极意义所在。这一点也是所有人类都始终关注并且终身萦绕心头的问题——我们每个人之于这个世界、之于自然、之于造化、之于天地,究竟应该是一个什么样的人生态度?我们所存活的依凭、支持我们活下去的动力、我们的终极目的思考等等,这一切也许不是诗人所能解读清楚完全的,但是得要有这样的求索精神,最早这样的精神见之于屈原的《天问》等诗篇。

台湾诗人洛夫总结,诗人的境界有四个层次:

其一,是抒小我之情,只求表现个人的那种梦幻式浪漫抒情,以有限暗示无限,以小我暗示大我。

其二,是强调社会意识。但他同时提醒,诗人本来对社会应有责任感,但过于向社会意识倾斜而忽视了诗的艺术创作性,抒情性和美学的追求,则结果不是成了政治的工具,便是成了商业的广告。

其三,表现对生命的感悟,对人生意义的追求。这种诗人是一种思考性的诗人,诗中闪烁着一种形而上思维的智慧的光辉。

其四,也就是洛夫认为的具有最高层次的诗人,不但要有悲天悯人情怀,也要有宇宙的胸襟,其诗歌中总是表现出一种终极关怀,也就是一种对生命的觉醒,对生命意义的不断怀疑与叩问。

丰子恺总结弘一大师的修道三境界也是类似,他以为人的生活,可以分作三层:一是物质生活,二是精神生活,三是灵魂生活。物质生活就是衣食。精神生活就是学术文艺。灵魂生活就是宗教。我们现在很多写诗者,都能勉强到达第二境界(唐诗宋词、《诗经》的很多诗篇,也多是在这个境界。前面说过,中国人不太考虑自我意识,其实对自我的审视恰恰也正是对世界万物、天地人心的探寻),但是能够由文艺作品上升为灵魂关怀和终极思索的还不多。

你看陈子昂的《登幽州台歌》:"前不见古人,后不见来者。念天地之悠悠,独怆然而涕下!"这才只是到了第二境界吧?但是已经唤起大多怀才不遇者心中共同的一种情绪,要不然,仅仅只是这哥们儿自己的感触,还哭得鼻涕眼泪的,那你自己哭吧,干我甚事!是因为这是很多人的内心共鸣,在武则天那个朝代,知识分子被排挤、打压,这种共同的情绪被老陈给引发点燃出来了。

对照这些情怀,你看这是一位朋友给我的《我诗写我心》投稿的作品:

大爱无疆

——谨以此诗献给援疆筑路的工友们

那时候我的孩子还没出生
父母已年过花甲
我却背上了行囊
带走了彼此的牵挂
新疆的天空很蓝

也有一望无际的大漠黄沙

当地老乡很是友好

总是给我拿出最甜的哈密瓜

工程开工已典礼

与百姓关系也处得很融洽

此时老家传来了喜讯

刚出生的儿子哭闹得哇哇哇哇

这里的天气让人捉摸不透

早穿棉袄午穿纱

公路通车赶工期

人员设备快要累趴

逢山开路遇水桥

铺到了古老美丽的白哈巴

儿子正在咿呀学语

分享这份幸福只能通过电话

满眼噙着的泪水

听着儿子忽隐忽现地喊爸

旁边有人在声声的教

我能听出声音嘶哑又疲惫的她

斗转星移日夜不停地更替

天上下雨劲风刮

路面施工快速上

瞬间定格成一幅画

筑路机器轰隆响

钢筋的力量像绽放的铁花

儿子正过三岁生日
礼物却只有来自喀什的问答
儿子的一句俺想你
让三九的天上火热似盛夏
我说儿子好乖不要哭
孔融像你这么大都会让梨啦

时光如水岁月好似离弦箭
和田美玉山脚下
公路沿线景色靓
更别提往日的坑洼
路已平坦成大道
我又回到了阔别四年的家
父母显然苍老许多
青丝被无情地让位给了白发
儿子哭嚷着见我
怨气不停地往我身上撒
我紧紧把他搂进怀里
遥望东方憧憬红彤似火的晚霞

创作说明：

2011年盛夏，公司接到了三莎高速中标通知，于是，一队精兵强将直奔南疆。三年多的鏖战，高速公路如期通车。回想起那段峥嵘岁月，作者有感而发，谨以此诗献给那些并肩战斗在南疆大地的工友和全力支持他们的家人。

这首诗应该说写的还是不错的，毫无矫揉造作，直抒胸臆、真实记录，很感人！但基本是自己的小我感受，还是停留在较低的情感层次，仅限于第一境界，虽然也有一定的共性，但是共性不大。还有很多朋友写给自己父母妻儿的一些诗，也都算情意真切，但境界似不够大，而要作为泛世作品就得心域再大一些。写这类诗的朋友有很多，写自己的当兵经历、工作调动等等。再举一个例子：

今夜想你了

多少夜晚把我狠狠地压抑
将想你的思念深埋
今夜我是真的想你了
宁静的峨眉夜晚，一切都安睡入眠
唯独我思绪万千
一次又一次地痛彻心扉
有谁能替我诉说我想你了
又有谁能替我拾起心中遗落的美好
还有谁能替我触碰到每一天新
想你的夜晚是难以入眠的
眼前微弱的灯光呈现出你的脸庞
浮动着，飘逸着
慢慢地
你的幻象在我的眼角湿润了
变得模糊了

一场雨浇不灭想你的心火
我多么渴望峨眉山顶的雪
只有你能带走我的苦

你在我手心中无情地融化，流逝
最终我还是没能留住你
你还是飞走了，飞走了
不再回来了
窗外黑夜冷月微风流水
屋内相思惆怅寂寞独唱
今夜，我想你了
是彻底地想你了

  诗中确实能感受到是在想，但尚不具备唤起同类情感的表达特征。既为诗，作为文字创作的精华，一定要有其独特的表述视角，要有与众不同的观察和对人情世态的独特解读，避免流同于人尽皆知的道理陈列和已为人所道过的情感呻吟。同样是关于说想和相思，你看李清照的这首《一剪梅》："红藕香残玉簟秋。轻解罗裳，独上兰舟。云中谁寄锦书来？雁字回时，月满西楼。　花自飘零水自流。一种相思，两处闲愁。此情无计可消除，才下眉头，却上心头。"就很精妙传递出普遍的思恋情感，给人共鸣。

  还有像元朝女诗人管道昇创作的元曲《我侬词》："你侬我侬，忒煞情多；情多处，热如火；把一块泥，捻一个你，塑一个我，将咱两个一齐打碎，用水调和；再捻一个你，再塑一个我。我泥中有你，你泥中有我；我与你生同一个衾，死同一个椁。"虽然也是说的她和夫君的事儿，但是扩展开来的情境通过形象的比喻就达到了"能共"的地步，很多情到深处的夫妻情侣爱人也都有这样的感受要抒发。

  说到对生命意义的终究拷问，屈原的《天问》就是属于第三境界的生命境界或灵魂境界，直接要问天，也就是对宇宙造化提出我们人类的看法了。这个不得了，所以他成了千古诗坛第一人，独创了离骚体。不过在这儿也想说一下，诗人也好词人也罢，我很反对排序，什么李杜和小李杜啦，谁谁比谁谁更牛，这个没意义，因为文无第一、各花入各眼，你觉得你能与谁的作品有相同的感情调度，你就喜欢他的算了，没有绝对的好诗坏诗，李易安、李义山，还是方文山，对不对，有同样的境界，没有绝对的高下之分，喜欢谁就谁。

还是要说屈原的《天问》，《天问》通篇是屈原对于天地、自然和人世等一切事物现象的发问。诗篇从天地离分、阴阳变化、日月星辰等自然现象，一直问到神话传说乃至圣贤凶顽和战乱兴衰等历史故事，表现了屈原对某些传统观念的大胆怀疑，以及他追求真理的探索精神。《天问》是中国古典诗坛上的一朵奇葩，被誉为"千古万古至奇之作"。我觉得这就是个外星人或是从今世穿越回去的："遂古之初，谁传道之？上下未形，何由考之？冥昭瞢暗，谁能极之？冯翼惟象，何以识之？明明暗暗，惟时何为？阴阳三合，何本何化？圜则九重，孰营度之？惟兹何功，孰初作之？斡维焉系，天极焉加？八柱何当，东南何亏？九天之际，安放安属？"这只是几句，通篇还有很多。好家伙，你看，每一问都是直指天地要害，这个星球都回答不了的问题，厉害不厉害？谁再写个《天答》把这些屈原问的都给解了，那才牛！

而达到这个境界的，在先秦屈大夫这里灵光一现之后，其后虽然在艺术成就上都很高，但是很可惜基本没有人再去探寻天人之际的究问啦。因为中国文人大部分活得都有点压抑，像刚才说的陈子昂代表了一大批人——阮籍、嵇康、陆游、辛弃疾，甚至苏轼，不过苏学士的心态自我调适得还不错啊。王权在上，老有个大帽子扣着，铁天花板一样，所以，不如意者居多，李白算够豪放了，还是不免时有嗟叹，所以中国文人更多的时候是在跟自己过不去，感叹岁月易老、壮心不在等等，有时不免颓废。

能梦

能梦是指放之宇宙的情怀,诗,是诗人内心的理想之梦!所谓身未动、心已远,能够让心灵驰骋向远方的,诗是最好的寄托载体。你看李白"我欲因之梦吴越,一夜飞度镜湖月",体现出诗人的超级浪漫情怀,这样的跨越时空、超乎现实的精神飞翔,只有诗句能够实现。我有的时候读到那些经典的梦幻诗篇,就感觉一下子能够神游物外、遐思难收,似乎一下子穿越了岁月的风尘,任意交汇在一个诗人自由思想的疆域里,美哉妙哉!

所以,诗的浪漫主义情怀是它最主要的一个美好品质,毛泽东主席的诗句"一桥飞架南北,天堑变通途""问讯吴刚何所有,吴刚捧出桂花酒。寂寞嫦娥舒广袖,万里长空且为忠魂舞",无论是书写革命建设还是对爱侣的思念,都展现出了气魄达于云霄之外的浪漫情怀。

可惜,这样的作品从古至今也没有太多,而梦幻现实主义却是当代文学能够博得世界范围认同的一大潮流。莫言先生为什么能得诺贝尔文学奖?就是在于他的作品有梦幻现实主义的味道,再极致点儿的叫作魔幻现实主义,像马尔克斯的《百年孤独》。现在的电影创作,好莱坞的作品,全是这些,中国要不是管着不让成妖成怪,也是在往这个方向发展。其实这是人类超越现实社会的梦幻思维,试图在天地万物、宇宙洪荒之间寻求人性最大程度的释放。

另外,一个直接的原因也在于随着图形技术的普及,诗的写景状物功能在消失,人类的活动空间已经不满足于目力所及的周边,远方也不是那么的难以到达了。所以,像古诗词中勾画的那些或美妙、或离愁、或别恨、或疏放的完美意境,基本上已经不会再有了;诗的表现原本主要就是抒怀言志,但随着距离感和信息传递困难消除后,像思念、乡愁等也不再有了,随着旅游的易实现,田园风光、别样景致也无须太用文笔描述;军旅边塞系列的苍凉悲壮,也随着和平状态的长期呈现和现代战争的不接触特点而减弱了感情表达。所以,现代诗的创作几乎只剩下关照内心深处的情绪变化,在这种情绪延伸下的梦幻般寄托就应该是现代诗创作的一个新的主要方向。

辑五

古意

暑夏

毕竟北京六月中,
暴雨闷热各相呈。
上蒸下煮凭暑意,
疏通心脉抱朴行。

秋雨急

天河一动西南倾,
暮来急雨洗晚晴。
潇潇落水走惊雷,
飒飒清凉过秋风。

中秋杂感

一咬月饼感触生,
月有嫦娥我有朋。
不是今月复今月,
还待明月又月明。
月约千年如期至,
月华万里天地清。
月下传书凭心意,
月上中天思真情。

大学毕业赠忠民（外一首）

碧空新星催日归，
羞看残月薄暮晖。
敢唤两仪整乾坤，
颠倒苍穹几轮回。
惺惺相惜识恨晚，
一别千里遥可慰。
心不自言伟丈夫，
我朋岂是蓬蒿辈。

外一首

几多起沉履　浅浅欲至尊
殊途春风　得识同路人
四年历风雨　遥问两颗心
共沐朝霞　孤夜守星辰

醒来学子梦　举眸窥赤神
万事经一　不留少年魂
倘徉宇宙空　友谊情长存
暂忍离恨　相聚彼时分
别去菁菁园　一看天地宽
面世当入世　风流我辈吟

秋入

夏至过后天色短,
黄昏时分思绪长。
正是炎暑热未消,
日暮隐隐透秋凉。

色空

竞相秀出色,
原来皆是空。
反归复本心,
林静树摇风。

作诗小感

莫为一字害诗意,
莫教一情分错心。
大道直行无他顾,
一山更有一山新。

另一首

少时写诗本真情,
惜是别人语过景。
长大终有独感悟,
历历遭逢不堪痛。

笑乐书

感乐于今付诗苦,
细寻巧觅耐孤独。
落笔无非两样事,
世上苍生架上书。

夏日思

别后几番夏雨,
竟惹相思难寄。
算来秋风当望,
冬雪明春可期。

秋夜思

最是秋风入夜真,
惊起披衣掩凉人。
新月如钩分明在,
勾动几多相思心。

又端午

京城五月暑未临,
端午雨丝翻作新。
不耐衾席诗为枕,
梦里笑声几多闻。

端好个午

端午不喝雄黄酒,
惊了白蛇娇妻走。
沿江不须放龙舟,
船行恐伤曹娥秀。

那时陷过屈大夫,
放逐天际不入流。
子胥也曾悲失路,
惶惶烽火独探求。

捆扎鲜粽新竹叶,
熏好菖蒲驱虫兽。
见人三分存心间,
互问不说安与忧。

只趁夏至抒积郁,
更把暑热先参透。
抱定蓄下无心事,
还把年年想午后。

高端大气滚绣球,
漫天飞舞红素手。
端出端地端正好,
无端不起人如旧。

春（外一首）

京城三月漫飞雪，
杨絮飘来乱春风。
尘霾混作江南雨，
无尽心事惆怅中。

外一首

谁言北京没有春，
直须竟问过敏人。
寒意不暖连三月，
喷嚏泪眼五月近。

清明思忆

清明寄相思,
寄予冥冥里。
冷暖一时俱,
阴阳两隔离。

感喟《侠客行》

今日不作诗,
偶翻古诗抄。
凛然侠客行,
犹感心旌摇。
一诺绔日月,
浩气干云霄。
生为邯郸人,
当谢两英豪。

无题二首

大梦谁先觉，
谁觉我不知。
因为睡得足，
所以起来迟。

南方多才子，
中原起英豪。
文章出湖湘，
悲歌在燕赵。

玉渊偶思四首

玉渊潭水清,
玉色在其中。
近看樱花坞,
远来杨柳风。

春风荡漾玉渊潭,
水生涟漪似心弦。
眼前波纹能几许,
道道往事都如烟。

玉渊潭前思莫愁,
一样春色一样忧。
长恨人间少乐事,
一湖碧水空自流。

木樨地外玉渊潭,
落花流水度经年。
钓鱼台下银杏熟,
知是秋色到月坛。

伤桃花

梅花渐褪桃花红,
先于群芳傲春风。
独立料峭承寒意,
何来轻薄被[注]骂名。
梨花带雨总犹怜,
樱花命短亦着名。
独我桃花用情苦,
花湿露重反遭轻。

注:"被"作"披"音解。

感桃花

昨夜感我桃花辞,
花娘入梦谢相知。
香袭枕前颤花语,
醒来耳畔枉自思。
妖妖随风不知处,
怅怅入神念在兹。
不意惹了花仙子,
浪漫结心惜相惜。

沙尘过

尘暴过处满地沙,
步步追杀步步杀。
驱尽雾霾凭风去,
倒回春寒又摧花。

恨霾

雾失楼台霾失人,
月迷津渡尘迷心。
蓝天望断无寻处,
砌成此恨无重数。

客月思

明月今夜又奔忙,
照完故乡照他乡。
闲梦不觉身是客,
月圆时分暗思乡。

破五

飒飒东风扑面来,
夜色深深入楼台。
隔窗探看清酒暖,
已是春色润夜开。
破五竹爆声连发,
走马转回又重来。
今宵渐离年意远,
满满喜乐犹在怀。

正春

春节正日在立春,
元旦本是一年新。
莫嫌过年是俗语,
简单道出真精神。

黄蓉赞

俟我来兮明眸飞,
一笑心生娇嗔回。
了无心机是无用,
情有千结爱有谁。

黄昏想

白日寻事且做忙,
暂代长闲不思量。
只是夜风人静处,
隐隐又生黄昏想。

七夕断

年年七夕叹离伤，
岁岁情萌断桥上。
一夜湖柳爱如故，
朝朝暮暮戏鸳鸯。

非不见，不思量，
莺莺燕燕误西厢。
牡丹亭，杜丽娘，
十娘怒沉百宝箱。

夏秋叠雨有泪淌，
星月萧索怨情郎。
情深切，落花黄，
自顾自凄惶。
俏人儿，也在河边湿了衣裳，
枉在世间走一场。

秋日夜感

偏是秋暮时,
不意冬雨前。
冷暖何忽变,
风吹一夜寒。
明堂初搁扇,
晨星犹望帘。
须是略遗梦,
却叹时光浅。

辑五·古意

日坛独坐

日坛独坐无友朋，
垂枝拂我有老松。
人活天地怜时光，
夏雨过后是秋风。

无题

东门搁笔窗外行，
于路尽是珠玉声。
可叹满目拜金女，
竟无一人爱才情。

我诗写我心
之诗问 [注]

※

问：能称呼你"诗人"吗？

答：不能！这个事儿我说过多少次了，别用"诗人"来做我的身份标签，我有职业身份。（微笑）

问：为什么呢？这些诗不是你写的吗？

答：写诗是我的责任，对文化的真正责任，但是不希望被叫"诗人某某"。

问：你说"责任"是指的什么？

答：把人们对唐诗宋词、更久远追溯到先秦时的《诗经》和秦汉时的《乐府》等等无比崇敬的态度，在现代诗的创作中延续中国文字的美好，通过像我这样的一批人的努力，给唤回来，到那时我希望自己能被称作"诗人"。

问："那时"是什么时候？有标志吗？

答：有！人们开始在公开活动中诵读现代诗作品了，而不是一搞诵读（注意！我没用朗诵这个词，朗诵是演艺范畴，不是真实的用声音解析一首诗作），就是《将进酒》或《再别康桥》。当代的诗在被广泛诵读了，中国诗的美好就唤回了。

问：为什么现代人写的诗不被诵读？《面朝大海，春暖花开》不也在读吗？

答:因为现代的诗"病"了!《面朝大海,春暖花开》只是极端少数的个例。现代的诗基本上都不押韵,怎么读?太短,怎么读?没逻辑,都是病句,语法都不对,怎么读?言之无物、无病呻吟,怎么读?用词很脏,什么身体器官写作、无意义的罗列生活琐碎,怎么读?失去了诗本身应有的美好。

问:这不是现代艺术的共同标记吗?个性、独特、不迎合。
答:诗不是现代艺术,最起码,中国诗不是,中国诗有中国诗的规矩,我们的文字有我们区别于世界流行、不媚俗的特质。中国诗必须维护这种特质,在这一点上,中国诗没必要走向世界啥的,李白的诗我们自己喜欢几百年几千年足够了,这么多年也没流行到世界去,现在也不在乎去不去流行。中国诗的最大特质就是美好!也可以有批判、讽刺,但是追求的目标还是美好,思无邪。

问:那你为什么不写古诗词?
答:也写过,但写得不好,没那个手艺。顺便说一下,现代人写的古诗词都没那个手艺,强努的,都没有那个味道。坦率讲,还没看到能达到古时韵味的高峰之作。所以我的主张是,在继承中发扬,保持中国文字文化的美好,在体例上不要束缚,用白话文写出能诵读、有美好内涵的诗。

问:确实,现代社会,诗的地位也不像古代那么高了。
答:这点儿我认同,现代诗的体例和表现有太多来自西方文化的影响,而在西方,诗的文学地位其实是很低的,偶尔有个泰戈尔,大体上还是小众的东西。所以说中国古诗词了不得,两千多年来一直占据着主流传播意识形态。

问:但现在倒是有很多对古诗词颂扬的活动,包括你们电视媒体也在做这样的节目。

答：是好事。但是背诵古诗词，背得滚瓜烂熟和真正领悟掌握其内涵实质并与时俱进地实践、践行、推进中国传统文化，是两回事儿。背会一万首诗和写好一首现代诗，不是一回事儿，熟读唐诗三百首，不会作诗还是不会，有一些帮助，但不是必然。电视节目都是为了搞竞技，得有点儿比试的味道才好看。中国现在缺少好的现代诗，古诗词的辉煌已然很牛了，关键现代怎么把这种辉煌化作今天的继续辉煌，要创造、要有原创。

问：如何评价自己诗的水平？

答：似乎水平不低吧。（笑）我要说一下，因为现在写诗的人不多，有很多有才华的被逼着干别的去了，我很庆幸我还能在职业之外，做这件有情怀的事情——写诗！我很庆幸我不用把大量精力用于写公文、写材料、写报告，也没有把时间用作写什么商业计划书、融资报告等等。所以貌似在既有的写诗人群里，我也看过读过不少别人的诗，我认为我的诗还不错吧，最少是独特的，我的追求是明确的，文字和韵律是美的，情怀抒发有我鲜明的风格，在引发大众共鸣方面，我觉得我的诗能够有这种效应。

问：你属于什么流派？古时有豪放、婉约，现代有朦胧诗等等。

答：什么流派都不算，我就是一个以写诗为本能的写诗的人。

问：真的诗人？不在乎名位、阶次？

答：算是吧，我就是自己要写诗！

问：你们文化人似乎都有点儿文艺青年的情结，写点儿东西啥的。

答：我不是玩票，就是真的在写诗！

问：写一首诗一般用多长时间？能七步成诗不能？

答：我最快两步都能吟好一首！时间快慢这事儿没意义，一年写好一首和一分钟写的相比，关键看诗好不好，没人要求在诗后面注明用时多少多少，是好诗就好，有的起了个头，后来的酝酿丰富几乎用了大半年，有的即时创作瞬间就一挥而就，最后还是要看诗的内容。

问：都什么时间写诗？
答：不一定。我步行走路时候比较多，路经的景物人事每天都不同，很能触发你对生活的本真热爱，在行进中思维也能很活跃，可以很积极地整理很多的遭遇和记忆，往往在路上就有了基本的架构，在独处或是做其他事情时，有时干着别的事也不妨碍，往往啥都没耽误，一首诗也浑然而成了。

问：现代有成就的一些诗人，他们的历练似乎更艰辛一些。
答：是想说"愤怒出诗人"？其实平静的日子，也不影响文化的生长。心里主动领受了这份责任，不用非要生活来磨砺，自然知道如何去寻求对其本质的解析，写诗就是很好的对人生审视的方式。

弄文字是有快感的，"此中有真意"，而像我这样又坚持一定的韵律规则，探索、寻觅、选择、概括再浓缩延展的过程，是很享受的。

问：你最推崇的中国诗人是谁？
答：白居易和苏轼，哥俩都称东坡先生。李白太飘，抓不住，其他的各有特色。

问：外国诗人呢？
答：没有！我说的诗特指中国文字写的诗。

问：经常参加诗的活动吗，一起作诗吟诗？

答：有时需要一些交流，但我觉得文字创作和所有的艺术形式一样，需要一种相对的孤独感，不是心理的孤独、不合群那种，是要有一点儿主动隔离一块创作空间的自我心灵独处。它不像别的项目，不是讨论研讨就能解决问题的，最终是个人的感觉流露。诗，是有很个性化的成分在里面。

问：还是说说责任吧，有什么可以描述的理想，关于诗？

答：责任是自觉的，现在世界越来越理性，物质和交往都丰富了，也可以说世道人心都越来越油滑，大国小国、种族、主义，都开始逐渐在妥协，最终的人类构成实际上在靠文化的相互较劲浸润。中国文字这么美好的创造，我不想它会被溶融得失去了本来面目，被外来语和字母符号搅和得面目全非。写诗，在一定意义上，是保留住我们文字的美好。

理想是让现在的诗创作回归到自然的美好。

问：文字跟声音比，哪个更厉害？

答：文字！人类造出文字，鬼都吓哭了。（笑）声音是机械的生理现象，文字是活的，经过文字处理的思想，在形成过程中完成了很多活性升华。再能说的人，把话写下来，缺陷和纰漏都能看出来，所以文字的再创造特性很强大。诗，又是这方面要求更残酷的，因此，把日子过成诗就很难了，再把诗一样的生活写成诗，是集萃度相当高的事情。

问：现代诗似乎更倾向于探索如何有新的语言表达形式以及更新潮的语言技巧？

答：舍本逐末！中国文字的文化积累所形成的营养足够去使用了，搞多少花架子和自说自话的解释都没意义。诗，就是要读起来美好。

问：现在是信息碎片化很严重的时代，诗会不会也被肢解，只剩下一两句金句这种，或者被段子取代？

答：不会，段子毕竟是低俗的东西，不能登大雅之堂。诗的新变种是可以探讨的，但也不会只剩下几片骨头的样子，我有信心，诗会继续存续。

注：答友人问。

代后记
写出能懂能诵的优美诗句

崔志刚

记不清是从哪一天开始产生了写诗的冲动,算下来,竟然断续写出了百多首诗。胡适说"我手写我口",在我姑且可作"我诗写我心"吧,可能写诗就是一件脱口而出、生发由心的事情,从没有觉得有多复杂,心里有了就从口里说出来,用文字记录下来。

但我却一直都不敢把自己定位成"诗人",也不愿意冠之以这个称呼,因为,必须承认,"诗人"和"诗"在当下的言谈口吻里,并不是两个美誉度太高的词汇,有时多多少少隐喻着一丝稍稍的嘲讽或揶揄,似乎"诗人"这个称呼隐含着不主流、怪人、文艺青年、酸文人等等奇怪的感觉。

但是,毋庸置疑,中华民族又绝对是一个爱"诗"的民族,国人对"唐诗宋词"的热爱态度与对眼下所谓"诗"的无感态度大为迥异。从2016年春天对一句古诗"我有一壶酒,足以慰风尘"的续写就可见一斑,这场近乎全民续诗的狂欢调动起了现代人精神深处对于民族传统文化中最高文学形式——诗歌的极度创作热情,一时间,微信朋友圈里佳句纷呈,说实话,很多续写的诗句水平相当之高,很令人佩服,较之原作亦毫不逊色。而在平日的言谈举止中,又多爱以恰到好处地对古诗词一两句经典语句的引用而自豪,脱口而出的"诗"意表达,往往会赢得一致的喝彩和尊重,甚至在正式的书面行文里,也随处可见来自古老篇章里的诗句精华。

但即便如此,谈及"诗"和"诗人",在现时中国人的精神世界里,仍旧是一种矛盾又复杂的心态,从来没有被遗忘,但是似乎又敬而远之。这种复杂的心态大略可体现在我的一位喜爱现代诗创作的朋友李卫中的这段描述：

关于写诗那些事儿

1. 如果你当着某个人的面说，我最近在写诗，一般情况下他表情会很复杂。他很难评价这件事，很长时间以来，人们都忘了还有人在写一种叫诗的东西。所以，他措手不及。

2. 一些名诗人与这个世界的关系都很紧张，极端者选择自杀，抛弃世界，抛弃亲人，让这个群体很怪异。任何美化自杀的言论都是可耻的，它只是一种病。

3. 诗歌应该让多数人都感受到美，让大家都看懂并不丢人。多数人现在看不懂，并不意味着百年之后，你的东西就会广为流行，那只是特例。

4. 碎片化阅读时代来临，这对诗歌是个机会。枕边读诗，也许胜过安眠药。

5. 现在，说你是诗人，基本是骂人，一部分伪诗人败坏了这个群体的名声。当然，大家彼此，又有哪个群体的名声真正超过诗人。那些中年之后还坚持写诗的男女，都是些善良之人，我始终保持敬意。

6. 诗歌有自己的门槛和标准，不是每个人都擅长。分行的东西不一定是诗，其实，现在不少所谓诗歌只是故意分行的散文。要保持对这种文体的尊重。

7. 写诗和书法、和诵经一样，都是一种修行，没有高下之分。

8. 诗歌还是要讲究韵律，追求节奏。别说这些不重要，你只是偷懒。

9. 别把写诗当成职业，与能不能挣钱没关系。与足球相反，一职业化，诗就死了。

10. 每个人都有诗心，都在某个阶段有写诗冲动，所以，大家曾是同行。

11. 汪国真写的是不是诗不重要，但能让那么多人喜欢，就够了，管它是什么！

12. 如果感受不到尘世之美，这首诗就失败了，起码我这样认为。诗意，永远是诗与非诗的标准。

13. 如果一个人从来没被诗打动，这个人不可交。

14. 很多革命家都是诗人，在血雨腥风中挥毫泼墨，绝对是大家风范。所以说，诗人都是混得不好的，都是失意之人，也不准确。

15. 讨论股票和讨论诗歌，没有高下之分，谁也不用歧视谁。

那么，出现这样一种既有对写诗人的莫名的疏离感，但是心中却又怀有对诗的无限崇尚心态的状况，直接的原因是——现在的一些诗大家看不懂！诗，被玩坏了！诗人，被用滥了！很多所谓现代诗的创作搞出来了一批弥漫着晦涩、粗暴、简单、低俗等情绪的文字组合，却硬把它叫"诗"！譬如把一句话断开加了几个标点符号的"某某体"、充斥着性与暴力语句的"某些诗人"的作品等等，不合辙不押韵，不明所以，有病无病都在呻吟。概括说，一批所谓写诗的人写的东西大家看不懂、不能读，但是又被这些人死把着这一块儿，成了一小群人的意淫天地，对这样的作品，大家看不懂还不敢说，生怕被说没有文化、不懂诗，而且慢慢也变得越来越不能说了。诗，成了一些小圈子里的人自己写、自己评、自己读的事情，朗诵上也不讲究了，不管口音准不准，反自诩为原创有个性等等。所以就弄的这样的诗，让现在的人们不敢谈、不想谈，最终也不屑谈，进而揶揄着、嘲讽着，终把诗逼进了小众化、自我欣赏、自娱自乐的小圈子里。

对于这种现象，年轻作家韩寒关于"诗"的一段有意思的论述，反映了他对于一些"诗"和"诗人"的看法：

这年头纸挺贵，好好的散文，写在一行里不好吗？古诗的好在于他有格式，格式不是限制，就像车一定要开在指定路线的赛道里一样，才会有观众看，你撒开花了到处乱开，这不就是交通现状吗，观众自己瞎开也能开成那样，还要特地去看你瞎开？

……

诗，就这样脱出了我们的文化生活主流，但是似乎，中国人自古以来由《诗经》和唐诗宋词在心灵深处所种下的深层基因，依然不能阻挡对诗的本能般的喜爱，有一些现象也仍在强烈诠释着社会大众对"诗"的无比热爱的感情——全国各地无数的诗歌协会（有政府背景的、自发的、民间的、学校校园，甚至农民诗会等等很多）、各种形式的诗歌朗诵活动等等，这说明，"诗"在人们心目中还是有着极其崇高的地位。

因此，不是"诗"和"诗人"的内涵本身出了问题，而是在某些方面，对"诗"的解构和作为"诗人"的定位走入了异化的极端，为此，我写过一首《我不是诗人》的诗来试图重新唤起诗歌创作的古老美好：

  我不是诗人

我不是诗人
但是我在写诗

写诗不是我的职业
但我也绝不仅仅只是当作爱好

诗　已经刻进我的生命
它就是我的命　此生离不了

我没有飘荡的长髯和披肩的长发
也没有宽袖大袍的中式衣衫来梦回唐朝
我活在当代　跟随如常的穿戴
西装革履　短裤T恤　都是一样的喜好

我没有陷于精神极端的呻吟狂躁
也学不会行为上离经叛道的张牙舞爪
我就是一个正常的人
上班　工作　下班　吃饭　洗澡　睡觉

写诗的时候不喝酒　都很清醒
清醒到是在和自己的灵魂对话
没有斗酒诗百篇的放荡不羁
也没有醉卧东坡君莫怪的江湖笑傲

没有仔细计划过准备要写多久写多少
在有感触的时候就把诗的精灵寻找
不会刻意追求什么样的诗风
对于诗的潮流派别一概不知道

只记得古往今来的诗篇至少要有韵脚
只信奉中国的诗词要有中国的味道
用今天的语言书写我中华文化的自豪
不接受跟着西洋的风格瞎跑
我是在认真地写诗
认真地把中国文字串联成诗的美好
认真叩问着对这世界的真实感应

认真思索着人世苍生下一步的精神落脚

确实,在我的朴素认为里,诗和诗人,应该是文字艺术中诉诸美好情怀的最高表征!

写诗无门槛,诗人非职业,写下心中的感动,聆听心声的震撼!

能诵方可传,无韵不是诗,无病不呻吟,有病也不能呻吟!能懂不丢人,晦涩无人理。

这是我开设微信公众号"我诗写我心"时倡导的关于诗创作的宗旨,提出"新复古现代诗"的创作思想,争取唤回承继自《诗经》以来的中国诗词所蕴含的美好精神,采用现代语言的表达形式,维护中华文字的优美韵律,不矫揉造作,不故弄玄虚,平直铺陈,态度真诚,追求美好!做中华传统文化的坚守者,为中华文字的主流存续而尽力写诗!

总之,拉拉杂杂这几点吧,只是说出了我对于我写诗作词的一点自我看法和心得体会,也许不全面,或者也许不正确,大家尽可作一家之言来看待,有帮助您就纳之,不然则弃之,都可以。哈哈。

另外,作为写诗人的自我感触,还有这么几点想说一下:

无门槛,非职业:写诗弄词,这是一个人人可为的事情,我可以在专门的诗的刊物上发表,或者结集出版,也可以随手写来、随口吟出。另外,在信息通达时代,像我在微信、在微博上发表,或者就不做任何形式的发布,仅作为自我感情的抒发、励志,作为激励自己的爱好,这些都可以。就像现在人人都可以发表文字、拍摄图片一样,不要有什么职业作家这一说,更不要把诗人作为一个特定的职业符号,古代也没有诗人这个职业存在,都是在做官为学等之余写写诗词。让诗像两千年前《诗经》时代一样,回归其朴素的本质,散布于田间林中、山野河谷,既能有庙堂祭祀的颂歌,也能有民间情感吐露的民风。

另外,写诗的人还得是个正常人。有人老问我,你写诗是不是得喝点酒、再摸着女孩的手?或者你不像诗人啊,头发也不长,也不穿中式大褂,还老穿牛仔裤，也穿西装，形象设计很没有来由的。其实，写不写诗，不在于其表，最主要的是，诗人应具备一种特殊的人格魅力，这种魅力不在于蓬头垢面、行为怪异，而在于"同流而不合污，孤独而不孤傲"。

过去中国的很多诗人词人，都是过着正常的生活，基本可描述为"体面、主流、贤达、名流"，说实话，还真没看到过哪个好的诗篇是一个纯粹的乡野草民、流氓走卒写出来的，因为没有正常的社会生活，不承担正常的社会责任的话，这个人看待世界的角度是不全面不客观的，在这样一种偏颇的视角之下，可能根本就不能写诗，或者写出来的诗词不正常。

少用啊，不浮夸：慎用或不用语气助词，不指着"啊哦呀"这些语气助词来烘托气氛，就像做舞台表演不能强求观众喝彩一样，不能向观众要掌声，不能领掌！要靠你字词本身的实在意义来打动人。不浮夸，就是不弄虚的东西，不没有逻辑依据地招呼华而不实的语句。这只是我个人观点，也不排斥人家用"啊黄河"这种的，气势听上去也很奔放，但是我总觉得，有理不在声高，像好的相声段子一样，实在地去铺陈，靠包袱内容的设计去打动听众。我在普通话教学上的陈述式播音法也是讲这个观点，字词的实际能量到那儿了，人家读的人自然而然会在心里边喊出语气感叹词来的，不能硬加给人家这些东西。

不应景，少歌颂。我是不太主张什么现场即兴作诗的，除非像曹植那样，那是要救命的，才七步就要成诗！我也被玩过类似七步成诗的戏弄，逼急了也能写成，但是不主张，这叫秀，不叫创作！创作是要经过周密思索的，布局、谋篇、灵感、用词、合韵、用典等等讲究，不管多长时间写成，写成好诗名言佳句才是真功夫！不在于写的时间长短，"倚马可待"固然说明思维快捷，可以用于新闻稿、公文稿这些应用文体的创作；对于艺术创作而来，最好还是能有"十年磨一剑"的心态，最起码得像贾岛一样，得推敲几个回合吧。说到贾岛那两个字"推"和"敲"的纠结，我还觉得用"叩"可能更好呢？一来声响感更强烈，二来更雅致一些。叩击，声音一响，多悠扬、清冷！或者换用"击"，晚归的僧人，必然急促想赶紧回屋睡觉休息，所以用击打也很形象,同样有声音的感觉,又有动作感,比起来,无论"推"或"敲"都显得老实了一点呢。当然我的想法肯定不如韩愈老人家高明,只是说明对一首诗、一句话甚至一个字词,经过时间的沉淀琢磨必然会得出更完美的结果,因此,作诗不能作秀,现场作诗,我是绝对反对的,现场有了感触,可以回来慢慢写、慢慢调弄,好酒是酿成的,需要岁月时间的打磨沉淀。

颂诗,在《诗经》里也占过很大部分,但是当时控制《诗经》编著的还是当权者,自然把他们的一些宗庙国事活动都得收录进去,像汉代长赋这种诗的变体,就更是歌颂多多。但我认为,现在早已经是人人可以使用文字表达内心所思所想的时代,所以除了特别的场合必须得写的颂诗之外,我们可以更多书写讴歌我们每个人自己的生活、事态、情状、心思等等的诗歌。

无感不写,有感而发:不为作诗而作诗,因为你不是职业诗人,没有任务压力,不是说每天必须要写一首,或者是每周必须得写多少首。有了真实的感觉,觉得必须要把它形诸文字,用韵律感的语句抒发出来,才进行创作,一气呵成当然好,也可以先起个头,或者定下一个内涵的核,也许数日、也许时隔很久再整体完成。我有的诗就是先有了两句,几个月后突然想起来,有感觉了才把它完成。写诗要有一种快乐的精神,不是把自己逼得苦呵呵的。吃饱喝足了,或者到了一个优美的环境、遇到一个可心的人,都有可能激发诗情。

下笔必严正,神圣不喧哗:一旦要写了就要正经写,不能亵玩焉。诗,是我们中华文字最神圣美好的体现,一定要有敬畏尊敬之心。

主题唯二——爱情和生命:这也是我前面说的,诗,是人生情感体验的精华通过最优美文字表达的这样一个最高境界,它超越物质浮华,能够让你抛去这些尘世牵绊的心灵寄托,应该就着落于这两点上——爱情和生命!中国古诗词中,写爱情、情爱、爱意、爱思的诗篇是很多的,像李清照的"红藕香残玉簟秋。轻解罗裳,独上兰舟。云中谁寄锦书来,雁字回时,月满西楼。花自飘零水自流。一种相思，两处闲愁。此情无计可消除，才下眉头，却上心头"、李冶的"人道海水深，不抵相思半。海水尚有涯，相思渺无畔。携琴上高楼，楼虚月华满。弹着相思曲，弦肠一时断"、张先的"天不老、情难绝，心似双丝网，中有千千结。夜过也，东窗未白孤灯灭"等等；现代诗也有很多优美的情诗，如席慕蓉的"如何让你遇见我／在我最美丽的时刻／为这／我已在佛前求了五百年／求佛让我们结一段尘缘／佛于是把我化作一棵树／长在你必经的路旁／阳光下慎重地开满了花／朵朵都是我前世的盼望"、"你若是那含泪的射手／我就是／那一只决心不再躲闪的白鸟／只等那羽箭破空而来／射入我早已碎裂的胸怀／／你若是这世间唯一唯一能伤我的射手／我就是你所有的青春岁月／所有不能忘的欢乐和悲愁／就好像是最后的一朵云彩／隐没在那无限澄蓝的天空／那么／让我死在你的手下／就好像是／终于能死在你的怀中"等等。但是对生命、人生哲理、存在意义、宇宙法则、人世至理的解读提炼升华的诗篇还不是很多，这恰恰正是我们当代诗人应该去实现的。

还有一点想说一下，诗人不应自闭，但同时又是相对孤独的，有组织当然好，可以交流切磋，但是创作不是扎堆开会起哄的事情，不是研究会商的结果，作诗没有集体创作这一说，作诗还是要忍受一些寂寞，是个性化很强的行为。

最后给出我的公众号"我诗写我心"选择诗作的几点要求，也算是我对当前现代诗创作所认为基本应该做到的几点吧：

1. 立意的意境要有较为广博的中华人文内涵，具有能为大多数人认同的价值观。

不要只着眼于、局限于太个体的小情调、小气氛的调弄。

2. 具备时代气息，多描述这个时代的情怀和人、事、情之间的丰富变化。

当代中国，城市化进程加速，所以，最好不要仍旧停留在农业化的乡情、过于狭隘的亲情等领域。

3．既为诗，作为文字创作的精华，一定要有其独特的表述视角，要有与众不同的观察和对人情世态的独特解读。避免流同于人尽皆知的道理陈列和已为人所道过的情感呻吟。

4．为了诵读的顺畅和便于更为口头的传播流传，一定要有韵脚，或韵律明显，句句流风；或隔句成韵，起落有致；或能有大的气口词韵，归结于宏大旋律。

避免过分效法西洋诗句，不讲韵律，几句散乱的文字组合，纵有些意涵，却失去了中华文字的音韵美。

5．内容要真实，真实情感，真实经历，真实表达。

不能言之无物，言之无义，言之无态，言之无趣。

6．诗之精巧或博大，宜在用准确的文字描绘出心中的感触，而这感触应该也能为人所懂，重在对于情感的铺陈传达。避免过于修饰词华，所以用词不能过于晦涩，应简单而不俗于直白，精练而不沉于滞重。

7．篇幅不能太短，一两句话肯定不能诵读，也不宜过长，在2—6分钟内能完成诵读为最佳。

师友推荐团

著名诗人　洛夫

"诗人非职业写诗，无门槛，写下心中的感动，聆听心声的震撼。"这是诗人崔志刚从心灵深处流出的，足可显示一个诗人本真的一句话。他年轻，他的呼吸中，血液中都充满了诗，其诗心奔流于现实与理想之间，其情感激荡于古典与现代之间。我不知道他的诗龄，但我相信，他的诗是独具风格的创造，一种价值的创造。

著名作家、诗人　虹影

崔志刚写诗的风格贵在有个性，是有"崔氏"标签的诗。尤让我讶异的是他对新诗提出的"能懂""能诵""能用"等的观点，虽说不上多么新鲜与另辟蹊径，但却是用心的、有担当的。

北京师范大学教授、著名诗评家　谭五昌

在公共话语频道的传播之外，崔志刚打开了个体心灵的频道，悄然完成了其央视主持人向一位本真诗人的身份转换。与主持人崔志刚的社

会代言人形象形成引人深思的鲜明对照,作为诗人的崔志刚,则善于从日常生活现象与四季流变的气候与自然景致中,发现幽微有味的诗意,呈现令人感动的生命细节,其质朴、坦诚、优雅、深沉、细腻的语言风格,可以看作对"我诗写我心"的诗学理念的有效实践,其诗歌作品所洋溢出来的浓郁人文主义情怀,极大地彰显出崔志刚诗歌创作的可贵精神价值。

诗人、《诗歌集结号》主编 彭志强

在高处,他是新闻的主播,关注民生疾苦;在低处,他是生命的歌者,用诗歌之手来打开内心的密码,探寻另一个神秘的未知世界。读他写的诗歌,看他播的新闻,二者缺失一处都不能抵达真正的崔志刚。我想说的是,诗人是崔志刚面朝我们的另半张脸,而他含着药性的诗歌则是他的也是我们的创可贴。

中国作协全委会委员、河北作协主席 关仁山

崔志刚的诗带我走进了温暖、坚韧、纯粹的文学世界。他的职业是主持人,主持人的诗不仅彰显诸多文学元素,而且对我们的主观视野和精神视野带来了双重拓展。诗人以饱满的情怀,完成了他对时代人生的探索,同时也完成了精神气息的流转。这是真正的诗歌,既是通向灵魂的沉思,也是生命的飞翔与远游,字里行间于沉静中尽显人性的温暖与坚韧。

师友推荐团

中国电视剧编剧委员会理事、河北省文学艺术研究会会长　周力军

　　知道志刚写诗，是缘于先听到他的朗诵。他是我师弟，毕业于工科大学，现在是央视著名节目主人。按理说这些与诗都相去甚远，他却将工学的严谨与主持人的语感有机结合，形成了独特的诗歌语境。他摈弃黄钟大吕，发于真情实感，每一首诗都能触到内心的脉动；他注重文字的意群组合，讲究音韵的抑扬顿错，或朗诵或默读，都能感受内在的律动。可以说，诗歌是他除了声音以外与这个世界交流的另一种方式，或许是更重要的方式。

青年作家、《新周刊》副主编　蒋方舟

　　整个文明历史中有两样东西无法被理性主义咀嚼，那就是美和时间。诗歌见证了美的诞生，以及时间不可挽回之消逝。诗歌在秩序之外寻找混沌，在无望中寻找希望。因此，诗歌拥有比人类更持久而灵动的生命力，它是大写的人。崔志刚的诗歌同样大于诗人本身，它有一双翅膀，翱翔于现实之上，寻找着超越平庸生活的天真与美感。

95后作家、公众号"北方有佳人"创始人 白雪

　　在90后的生活中，诗歌像是一种遥远的存在。越来越多的白话简单粗暴地充斥在生活的细枝末节中。我们的心起伏波动又难以平静，可是阅读崔老师的作品，有的只是内心的温柔，与灵魂最深的叩问。是他让我明白，其实那些波动的感觉，有一种更唯美的展现形式。那是一种待世界温柔的决心，那是一种柔软细致的男人的情深义重。

中国人民大学新闻学院副院长、博士生导师　胡百精

老崔生活在繁华世界，眼前嘴上笔下是纷芸的时势和攘攘的众生。但是，他总能抽身而出，转场到人之在世的清冷处，送给生命明亮、温暖的句子。正如他说，时光碾过，生命的律动如约提醒。

中央电视台新闻主播　李修平

老崔要出诗集了！他这个人总能给人惊喜，作为同事，我已见多不怪，唯有佩服！当年他横空出世，以大气沉稳的播音、妙语连珠的主持，确立了自己的新闻主播风格，我不由感喟这个理工男的跨界能力。而他主办的《我诗写我心》微信公众号又让更多喜欢诗的人，找到了共鸣。读诗即读心，我有幸近水楼台诵读过他的几首小诗，无论是《初心》还是《黑眼睛》，都被诗中那些朴实文字背后人性的关照和对生活的热爱所感动，真的如他所秉承的宗旨——用心写诗，他的诗中有他的心、他的责、他的梦、他的情，他的胸怀和他的担当。在我看来，他不是作家，也是作家，他不是诗人，也是诗人。为我佩服和尊敬的同行点赞，期待他带给我们更多的惊喜。

中央人民广播电台中国之声首席主播　苏扬

一个偶然的机会，现场聆听了志刚朗诵他自己的诗作，深以为然，有知音之感。和指纹一样，每个人都有属于自己的独一无二的声音，每个人都有属于自己的好声音，不必穷极四海八荒去找寻，属于你自己的好声音，就在你的心里。志刚的声音和表达，印证了我的这个对于好声音的理解。好的诗作从生活细节中来，好声音、好朗诵从百折不挠的对美的追求中、

从时光的打磨中来。志刚，好诗，好声音——

著名演员　濮存昕

志刚兄弟的性格为人和我很投缘，我喜欢朗诵悦耳入心的好诗。他的诗在继承中发扬且回归了中国诗歌的优美精神，试图重新找回中国文字组合的本真，在现代诗略显浮躁的今天，坚持写诗并写好诗，难能可贵。

著名演员　张译

我没有研究过音韵，但是崔老师的作品朗朗上口；我没怎么读过诗，但是崔老师的作品沁人心脾。向至今仍在写诗的人致敬，向仍然坚持写好诗的崔老师致敬——

知名互联网学者　刘兴亮

谁说工科男就不能有诗意？我俩就各写了几百首诗。但我们都不接受"诗人"这个称谓，因为都有各自的职业身份。写诗对于我们来说，是一种心灵感受的抒发。认识志刚兄后才明白，写诗更是对文化的一种责任。

纪录片导演、摄影师　老威

写诗是最考验才华的事情，用浓缩的文字组合出震撼心灵的语句，对文化积累和人生体验的要求都极高,还要有放眼众生的博大情怀。这些老崔都做到了,他是用心在构筑自己有着独特审美的诗歌体系。

诗人、画家　王妍丁

看过崔志刚播的新闻,此前没看过他写的诗。一看,还真吃一惊:这位央视主播,人帅才丰,诗心多窍!看来写作不应有专业业余之别,写诗亦如是;只要用心,就是专业。看山看水,结果像什么并不重要,但用心去看,结果定不同。这也与崔志刚所主张的"我诗写我心"暗合。

主持人、诗人　杜东彦

崔志刚的新闻播报,是好好说话听来舒适,成为诗友后发现他的诗也是如此,他的诗在与心灵深处的自己对话,这种真诚的照见,使他的诗歌充满了力量与智慧。读这样的诗是一种减压和放松,细细回味如深秋的一杯菊花茶清爽甘甜。诗如其人,纷繁世界真善美的一道风景!

北京九洲鸿运集团副总裁 、诗人　张竹音

大多数人认识崔志刚是因为他是央视著名新闻主播,而我与志刚是因为诗歌结缘。开始他在央视一综艺节目中做嘉宾时,妙语连珠,满腹诗歌经纶,又有极强的诗人气质,给我留下过深刻印象,当时便产生了不小的心灵共鸣。后来有幸在他主办的"我诗写我心"微信公众号中我们相遇,在众多作品中他选中我的一些作品,并用他充满磁性的声音演绎了我的诗

歌文字，我们便成了诗友！

  当下人们都说"人生不仅有苟且，还有诗和远方"，人们都想有诗意的人生和生活，但实际生活中又有多少人愿意苦苦坚持这种难成名利的艰难创作呢？在我心目中，崔志刚是一个有良知、有话好好说的播音主持人，又是一位有文化责任感、有诗好好写的诗人！

  志刚老师的这部诗作，有极深厚的中国古典诗词功底，又有时代感极强的表现力，由于他良好的教育背景和工作原因，他的创作风格规范又不乏洒脱，既有传承文明又有时代探索创新。作品题材广阔，寓意深刻，关注社会问题，挖掘时代精神内涵，表现当下人们真情实感。是一部能净化灵魂，感悟时代、人生，带给人们审美愉悦，充满正能量的难得佳作！

  不管你是否偏爱诗歌，都能让你从志刚老师的作品中，获得一种清新和有质感的思索与体验。我真诚向广大读者推荐！

万达体育 CEO　　杨东为

  诗歌来自于生活，志刚深厚的生活底蕴造就了他几乎是必然的诗歌中的内涵。他对生活孜孜不倦的追求和对真善美的热爱是他的诗歌的脊梁。希望大家和我一样在志刚的诗歌中沐浴和享受生活。

北京德恒律师事务所主任　　王建平

  还有多少人在写诗，还有多少人在咏诵，在纷繁嘈杂的市井里，人们为了利益、为了营生、为了舒适和享受，终日奔忙，苦心劳作……

  然而，还有那么几个人——志刚和他的亲密伙伴们，用敏锐的笔触，用浪漫的情怀,用磁性的声音在书写、在咏诵,高山晓日、行云流水,出淤泥而不染、濯清涟而不妖,我们所见到的朴实无华的词句伴随着我们能听到的最动听的声音,淳濯我们的思想,荡涤我们的心灵。我欣赏志刚的"我诗写我心",我享受每一个咏诵者的朗读,我向我认识的朋友们推荐,闭目静心地来倾听吧!

诗含情、诗言志、诗亦心。

北京军吉良汽车修理公司经理 王军

崔哥是一个标准的北方男人,高大英俊,完全没有主持人的架子,最早我是修车工,他喜欢开切诺基,来我这里做汽车保养,等着换机油的时候,端起我们的大碗菜就着馒头吃得很香,我们就成了朋友。他的诗我都能读懂,也喜欢听他用浑厚磁性的嗓音读诗。

美国华盛顿 数据库工程师 杨胜辉

在北美生活了二十多年,忙碌的日子使得我们离中华文化越来越遥远。直到看到老崔的诗,才让我重新拾起了对中文诗的兴趣,他的诗真的能让我走进他的心,他是从心里写出来的。喜欢他的诗是因为他诗的亲切、自然、不做作,没有那些高深晦涩、让人捉摸不透的词语。捧在手上,伴着一杯浓浓的咖啡,就可悠闲地度过一个平和的下午。现在能找到这份平和实属不易,让我非常珍惜。谢谢老崔,等着你更多的作品问世。

化妆造型师 吴杭

我不懂诗,只是喜欢唐诗宋词的那种味道,对现在的诗很多看不懂,也不敢说好不好,生怕被人笑话,似乎那是那些"诗人"们讨论的很高级的事儿。但是崔大哥的诗我能看懂,读起来也顺口,很优美,里面的情感和思想也都是我能感受到的,也是我内心想要去表达的。

零售业主、站着写诗的人 吴丰

我喜欢读好诗,也写诗,我是开店卖货的,常常在站着招呼客户的时候构思创作。我不是专家,不敢评诗,我怕弄出盲人摸象的笑话。我与志刚老师是因诗成友,共同的观点是——诗要让人懂!

志刚说他不是诗人,但我认为他却是一个真诗人!他不入流派,保持着写诗的"孤独"。说一句掏心话,如今一些所谓的诗人甚至某些名家的诗我是真不敢恭维,大多在无病呻吟、乞人怜悯或故弄玄虚、吸人眼球,这类诗我常常用来催眠。读志刚的诗则可提神醒脑,为何会这样?用志刚的话就是:我诗写我心,这正是他的高妙!他小心认真地写他的心,也不经意地写出了很多人的心声。无论他写个人小情感还是写社会大现象,他总能拨动人的心弦,引起同振共鸣。

新加坡鸿基大业集团董事长、中华广文公益慈善(香港)基金会理事长、集商网络科技(上海)有限公司董事局主席 牛大鸿

诗是生命智慧的凝练表达。

历来,写诗不易,写好诗更不易。但是志刚坚持在写,且写得不错。

在他眼中，大到人生理想，小到生命中的点滴，人性闪耀光辉的每一瞬皆可入诗。

可以说诗是志刚送给这个世界的礼物，也是他与这个世界沟通的独特方式。

志刚热爱生活，他的诗中充满了对生活的哲思。从《问心》到《接受这个时代》，他用诗歌感召人们拥抱自我，活在当下，诗歌是他本职工作以外的一种情怀，也是他对这个时代最长情的告白。

志刚充满理想，当年为了实现主持梦，他毅然跨界。如今面对诗歌，他却抛却几分随性，肩负起如许责任。在他眼中，古诗虽美，却需创新。如何在现代诗中延续中国文化的美好，成为他自愿肩负的理想和责任。

志刚爱诗也爱诵读。他满怀激情，创作百余首诗歌，为诵读提供着源源不断的"真金白银"。可是志刚却不喜欢别人称他为"诗人"。在诗的王国里，他孤独又谦卑，认真又坚持。默默耕耘的背后，大爱无言。

在这样一个年代，能用一颗赤子之心写诗，志刚是幸运的。虽然现在读诗的人不多了，志刚却在不懈地坚持。

如果说互联网人的梦想是敢想敢干，用脚踏实地的努力去撰写创新的未来，那么志刚的梦想是什么？不必多问，都镌刻在他的诗里。

关于作者

小传

崔志刚，1968 年生人，西南交通大学交通工程专业工学学士，清华大学新闻传播学院研究生班在职研究生。

中央电视台新闻主播，播音指导，新闻播音部新闻一组副组长。主持《新闻30分》《新闻直播间》《法治在线》等栏目，担任"9·3"抗战胜利日大阅兵直播主解说，多次担任重大新闻事件主播和现场报道记者。

2016 年 10 月出版专业著作《好好说话——普通话的陈述式表达》。另著有《解密财富命案》《红楼止梦》。

2015 年 7 月创立《我诗写我心》微信公众号，提出"新复古现代诗——不拘泥于古代诗词的格律形式但要保持中国语言文字的音韵美"的现代诗创作理念，著有诗作 300 余首和诵读音频作品若干。

足迹

曾任河北省地方铁路管理局助理工程师，做过扳道工、货运员、计量员，后考入石家庄经济广播电台，主持夜间心理热线节目《星河一片云》。

1994年参加中央电视台全国主持人大赛获得前十名调入中央电视台，在社教节目中心创办老牌法治栏目《社会经纬》并长期担任该栏目的制片人兼主持人。其间，编导主持的《云南红塔褚时健案》《深圳海关骗税案》《事出有因》《齐鲁严打第一案》等节目多次获得国家新闻奖、法制节目学会奖，栏目收视率稳定排名全台前十位。

后转入新闻节目中心创办法治新闻类栏目《法治在线》并担任主持人。其间，主持多个重大案件报道：《刘晓庆税案》《非典刑事第一案》《王怀忠贪腐案》《马加爵杀人案》《足球系列腐败案》《湄公河杀害船员案》等。

2009年之后担任新闻频道新闻直播主播，负责常态新闻节目的播报评论。并主播过《"致敬致远舰"水下考古特别报道》《"烈士纪念日"天安门广场敬献花篮仪式》《钱塘观潮特别报道》《奥运看台》《"一年又一年"春节特别节目》《两会外长记者会》《湄公河糯康残害中方船员案审判》《四川泸山地震突发报道》《中日钓鱼岛争端》《马航MH370空难》《莫斯科红场阅兵》《日本311大地震》《上海世博会特别节目》《伦敦奥运圣火采集仪式》《西哈努克亲王灵柩归葬》《西藏自治区成立60周年》《G20峰会和核安全峰会特别节目》《入藏高铁开通》等重大报道。

师者

多年的电视从业经历，使之熟悉电视节目制作运转的各个环节，养成了稳健大气的主持风格，并在播音主持理论建设上创立了"陈述式播音"法。

2010年开始担任中央电视台和中国传媒大学共建实习基地的央视方导师，目前指导训练了近百名实习生，其中优秀者留央视新闻频道工作和在地方卫视频道出镜。

在带实习生过程中，结合自身的实践经验，针对播音专业学生的特点，运用独创的"陈述式播音法"，抓住"重音讲依据，断句讲逻辑"两个关键，采用师徒式的教学方式，注重亲身示范，使实习学生能在短时间内掌握普通话的表达要领。

图书在版编目（CIP）数据

我把声音读进生命 / 崔志刚著 .—北京：人民日报出版社，2017.5
ISBN 978-7-5115-4708-8

Ⅰ .①我… Ⅱ .①崔… Ⅲ .①诗集－中国－当代Ⅳ .① I227

中国版本图书馆 CIP 数据核字 (2017) 第 112840 号

书　　名：	我把声音读进生命
作　　者：	崔志刚
出 版 人：	董　伟
责任编辑：	陈　红
封面设计：	主语设计
版式设计：	左左工作室
出版发行：	人民日报出版社
社　　址：	北京金台西路 2 号
邮政编码：	100733
发行热线：	(010) 65369509　65369527　65369846　65363528
邮购热线：	(010) 65369530　65363527
编辑热线：	(010) 65369844
网　　址：	www.peopledailypress.com
经　　销：	新华书店
印　　刷：	大厂回族自治县彩虹印刷有限公司
开　　本：	880 mm×1230 mm　1/32
字　　数：	130 千
印　　张：	10
印　　次：	2017 年 6 月第 1 版　2017 年 7 月第 2 次印刷
书　　号：	ISBN 978-7-5115-4708-8
定　　价：	45.00 元

我诗
写我心